文治
© wénzhì books

星之子

HOSHI NO KO

〔日〕今村夏子 著　吕灵芝 译

四川文艺出版社

1

　　据说，我小时候身体很弱。出生时体重远远低于新生儿标准，所以在保育箱里待了将近三个月。

　　听父母说，我即使出院了也非常麻烦。因为我不喝母乳，即使喝了也会吐出来，还经常发烧，拉白色大便，流绿颜色的鼻涕，因此他们整天要抱着我奔走于医院和家之间。半岁时长湿疹，一开始只是脸上冒了几个小点，仅仅一周就遍布了全身。母亲说，我得中耳炎时凄厉的哭声，得肠胃炎时不住地呕吐，都给她带来了撕心裂肺的痛苦，但是湿疹的症状最让她难受。她涂了专科医生推荐的药膏，也尝试了各种偏方，就是治不好我的病。父亲说，看到我戴着连指手套的小手，他觉得特别可怜。

据说，那时候我总在半夜里痒得号啕大哭，父母在一旁无能为力，只能跟我一起哭。当时才五岁的姐姐也连带着哭了起来，引得附近的狗齐声吠叫……由于每天晚上都这样，不断有邻居来我们家抱怨。当然，这些我一点儿都不记得。

母亲当时是家庭主妇，父亲在财产及意外保险公司工作。一天，父亲在公司不经意间说出了我的种种病痛，刚好被一个同事听到，他说："那是水不好。"

"哈？水吗？"

"对，是水。"

第二天，那人带了满满一塑料桶的水给父亲，还说："请用这些水每天早晚给令千金清洗身体。"因为不要钱，父亲就收下了。

"落合先生说，洗的时候不要使劲搓，你就用蘸了水的毛巾轻轻拂过长湿疹的地方。"

"嗯，我试试。"

母亲早已决心为我用尽所有办法，当晚便按照父亲打听来的方法给我洗了身子。听说，那天我夜啼的次数比平时少了。第二天早上，母亲又给我洗了身子。那天晚上和次日早上也一样，按照父亲同事交代的方法各洗了一次。就这样，一天两次。仅仅是换了一种水，我这个每次洗澡都要大哭的孩子竟然舒舒服服地任凭大人摆布，这让父母感到很不可思议。第三天，我皮肤上的红肿消退了许多，因为瘙痒而闹别扭的次数变少了，晚上睡觉的时间比哭泣的时间长了。母亲的日记上写着，换了水的第二个月就"治好了，这次真的可以说是治好了"，那想必是治好了。

父亲要到的水不仅对治疗湿疹和伤口有奇效，而且他们开始饮用那种水后，身体也强壮得连感冒都不得了。我还听说，那种水无论是饮用还是烹调都可以，明明没放白糖或味醂[1]，却自带一种淡淡的甘甜。宣传册上介绍：用它来做饭可以淡化食材的刺激性味道，成菜后口味温和。一开始，父亲只是等水桶倒空以后拿去公司，跟同事换满满一桶新水，不过从第三次开始，他就不太好意思白拿，提出要用钱购买，并管同事要了宣传册和订购目录。

那种水通过电话销售，名叫"金星的恩惠"。宣传册上用十几行密密麻麻的文字介绍了水的效用：提高免疫力、美肤、控制血压、防止虫咬、激活右脑、改善体质……总之就是万能神水。再把订购目录往后翻，还能看到蔬菜、点心、调味

1　日式料酒，比中国料酒更甜。

料和营养剂等产品，最后几页还刊登了拐杖、服装、眼镜、家具这些东西。母亲先把家里的水换了，随后把食材也换了。换过食材后，母亲的感想是："我以前究竟给孩子吃了些什么啊？""简直跟下毒没两样！"

那段时间，母亲在日记中逐一记录了我喝了什么、吃了什么，睡眠时间，小便颜色和次数，大便颜色、形状和次数，体温、脉搏、体重，脸色、舌苔、眼白，当天所穿衣服的材质。多亏了更换用水和食材，我得以健康成长，母亲的记录也日渐简化。我三岁那年，她不再记录脉搏和衣服材质；四岁时，不再记录体重和眼白；到了上小学时，母亲便只会记录进食情况、体温和大便状态；后来，母亲干脆连日记都不写了。用了十年的日记本还剩下一大半空页，她也舍不得扔，就在我上初三时给了我，当作社会课的笔记本。由于随身携带太重了，我一直把它扔在学校的课桌抽屉里。

有时我把笔记本拿出来翻看打发时间，有同学觉得好奇，便探头过来。

"脸色良好，舌无异常，左眼略充血……这啥啊？你每天都记这种东西？"每次有人这样问，我都会回答："这是我妈以前写的，都是她的字迹。"

"上面还有大便颜色呢，哈哈哈。"

大家都觉得很好玩儿。

母亲一定不会想到自己的日记竟会被一群初中生读到吧。她可能连自己写过日记这件事都忘干净了。我只是想要一个上课用的笔记本，而她只是回答了一句"如果你不嫌弃用过的，就从那个抽屉里随便拿吧"，我也只是照做了而已。

多亏了"金星的恩惠"，我的湿疹得以痊愈，这件事作为奇迹的真实体验，连同我的大头照一起刊登在了会刊上。母亲的日记里还夹着当时的剪报。

　　照片中，父亲和母亲在两边紧紧抱住了朝镜头微笑的小小的我，他们把脸贴在我的脸蛋上，露出了无比幸福的笑容。

2

五岁那年，我们去了落合先生家。落合先生是父亲公司的同事，也是把"金星的恩惠"推荐给我家的人。要是没有落合先生，我的父母可能还要忍受很长时间的痛苦。当然，我也一样。

落合先生的家就像城堡一样。即使在大人眼中，那也无异于豪宅，而对于当时还很小的我来说，则简直拥有压倒性的气势。落合先生打开厚重气派的焦茶色大门走出来，给我留下的第一印象是"戴紫色眼镜的长鼻子叔叔"。

"这是给小千治好小泡泡的叔叔哦。"

　　父亲这样向我介绍了落合先生。

　　"小千寻，你好呀，初次见面，叔叔看到你来真是太高兴了。"

　　"叔叔好！"

　　"好有精神啊。正美，这是我们第二次见面了吧？你好呀，已经很有姐姐样了呢。"

　　"……"

　　"小正，快打招呼！"

　　"……"

　　当时，十岁的姐姐小正也在场。小正在外面是个腼腆内向的少女，一直躲在母亲的裙子后面。

　　落合先生的背后站着他的夫人，身上系着粉红色围裙。夫人圆润的脸蛋也是粉红色的。她歪着头看向我，微笑着说："你叫小千啊？"

　　走廊墙上挂着装饰画。我趿拉着又宽又大的拖鞋走向客厅，不经意间抬起头，发现落合先生头上有个白色的东西。再往后瞧，就对上了落合夫人带着笑意的眼睛。夫人头上也有个白色的东西。我觉得很好笑，因为落合先生与夫人头上都顶着白色毛巾，就像电视剧里演员泡澡时顶在头上的东西。我一笑，夫人也呵呵笑了。

客厅沙发上印着向日葵。我用力蹦上去，屁股猛地一陷，仰面倒了下去。大人们笑了几声，夫人拿来了几个靠垫。沙发前面那个矮桌上摆着好多特别诱人的点心，让我忍不住想尖叫。有饼干、蛋糕、巧克力、硬糖、仙贝和薯片，还有切成一口大小的各式水果。

我开始大快朵颐，然后一口气喝干夫人端上来的橙汁，又管她要了一杯。而在几年前，我要是稍微吃点零食就会全身冒湿疹，忍不住大哭大闹。

后来我听父亲说，彼时的落合先生"一脸目睹了奇迹发生的表情"。

"这都多亏了落合先生，太感谢你了。"父

亲低头道谢。落合先生回答："哪里，我什么都没做，还是多亏了水的力量，还有你们的热忱啊。"我对那天的事儿只有一些碎片式的记忆，不过在落合先生家的见闻好像对父亲和母亲造成了很大影响，后来过了很久，这些仍会不时成为我家讨论的话题。

"请用吧。"夫人给我端来了第二杯果汁，"咦，小正不喜欢喝橙汁吗？"

原来坐在我旁边的小正还一口都没喝呢。夫人插上吸管劝她喝，她连手都不愿伸，而且夫人亲手做的蛋糕和饼干，她也一口都不吃。

"小正，这个很好吃哦。"

我拿起点心凑到她面前，却被她瞪了一眼。

于是我把小正那份也吃了，还大口大口喝掉了她不喝的果汁。结果，我上了好多次厕所。

不知上了第几次厕所后，我回到客厅，发现落合先生把头上的白毛巾拿了下来，一脸认真地对父亲说着话。

　　我父母听后频频点头。

　　"要试试吗？"

　　夫人应声站立起来，离开了。

　　过了一会儿，夫人端着一个托盘走了回来。托盘上放着脸盆和白色毛巾，盆里还盛了水。父亲按照落合先生的指导，先把毛巾浸在脸盆里，轻轻拧干后放在了头上。

　　"啊……啊，原来如此……"

　　"感觉如何？"

　　"原来如此，是这样啊。"

　　"是不是明显感觉到运转了？"

　　"嗯，感觉到了。"

　　托盘上有四块毛巾，母亲替我和小正拧好毛巾，搭在了头顶上。我嘻嘻笑着说："好凉呀！"此时母亲又把剩下的那块毛巾放到了自己头上。

　　"一些女性会员还因为这样怀上了孩子呢。"

夫人说。

"真的吗？好厉害……"

"因为这是寄宿着特殊生命力的水啊。"

"你这么一说……"

"有感觉了吧？"

"是的，不太好说……有点凉，同时又很温暖，好像在往肩膀方向一点点渗透进去……孩子她爸，你说是吧？"

"嗯，是有这种感觉。"

父亲闭着眼睛答道。

"头顶是人体最接近宇宙的部位，同时也是全身神经汇集的地方。对这个部位进行直接作用，能够更好地刺激血液中的淋巴球。" ——这就是宣传册上的介绍。

"如果每天进行敷疗，可以得到很好的效果。当然，因为我要上班，在公司就没有敷。"

"只在自己家吗？"

"对，就在自己家里做。"

"这种疗法还能改善各种皱纹哦。"

"还有歇斯底里症。"

"哎呀！"

"啊哈哈哈……"

我说："好像在做澡堂游戏。"落合先生闻言竟拉长调子唱了一句："好——棒的水呀——"把大家都逗笑了。顶着毛巾很难吃东西和放声笑，但我还是觉得好像在做游戏，心里特别高兴。只有小正很快就扯掉了母亲放在她脑袋上的毛巾。她把毛巾放在果汁杯旁边，那毛巾看起来跟碰都没碰过的擦手巾没什么两样。

坐在回家的电车里，父亲和母亲又聊起了刚才与落合先生及夫人的交谈。

"原来那位先生还会说笑话呀。"

"我也吓了一跳，他在公司连冷笑话都不说。"

"夫人也很好呢。"

"跟上次的感觉不一样了。"

"是发型的原因吧？那次在运动会上，她留着跟我差不多的长发。"

"是吗？"

"当时我就觉得他们夫妻俩关系很好。"

"嗯，有这么一对父母，博之君肯定能好起来吧。"

"就是。父母的笑容对孩子来说是最重要的事情。"

"嗯，看到那对夫妻，我就特别感慨博之君是个幸福的孩子。"

一直吃着小熊饼干、默默眺望窗外景色的小正突然回过头来。

"啊？你们说谁？"

"哦，博之君呀。"

"博之君是谁？"

"博之君是落合叔叔的儿子。"

"哦。啊，快看，是长眉毛的小熊。"

小正把长眉毛的小熊饼干递给我，问道："想要吗？"

"不要。"

"我也不给你。"

小正把小熊饼干扔进嘴里，咔吱咔吱地嚼了起来。

她在落合先生家什么都没吃，其实肚子已经饿坏了吧。父母在车站小卖部给小正买了零食和饮料，她现在可高兴了。

我双手搭在吃撑的肚皮上，呆呆地眺望窗外的景色。可能因为背对着前进方向，我感觉自己被人从那些景色里一脚踹飞了，莫名有点恶心。小正大口喝完饮料，开始变得话多起来，她又问：

"落合叔叔的儿子怎么了？"

"博之君得病了。"父亲说。

"哦？什么病？"

"是一言难尽的怪病。"

"哦？他会死吗？"

"你呀！"母亲一脸严肃地责备道。

"死倒是不会死。病也分很多种，博之君得的不是那种病。"

"那是什么病？"

"说不了。"

"为什么？"

"说不了，就是说不能像小正和小千这样说话。"

"……那就是发不出声音啦？"

"对。"

"听说已经两年了。"母亲说。

"是啊，看似短短两年，对他本人和父母来说，恐怕是段很漫长的时间吧。"

"他为什么得病呀？"

"落合叔叔说原因不明。"

"要是明白了原因，应该就能找到对应的治疗方法吧。"

"嗯……毕竟他是某一天突然发不出声音了。"

"为什么？感冒了？"

"不是感冒，这个原因啊，谁也不知道。"

"他住院了吗？"

"博之君？没有，待在家里。"

"家？"

"就是刚才我们做客的那个地方。"

"刚才落合叔叔的儿子在那里？"

"嗯，应该在二楼吧。"

"小正，你跟博之君见过一次，不记得了吗？就在爸爸公司的运动会上。"

"对，对，当时不是有个上小学的男生跟落合叔叔和阿姨在一起吗？"

"不记得了。"

"那时他还很活泼呢。我记得在挤气球比赛

中，只有博之君的气球完全胀不起来，把他给急哭了呢。"

"对对对，小脸憋得通红，太可爱了。"

"后来落合先生跑过去替他吹胀了。"

"没错，父子俩还手牵着手跑到了终点，得到了很多掌声。"

"就是，就是。"

"小正想起来了吗？"

"没有。我记得爸爸在接力比赛上摔跤了。"

"那件事可以忘记。"

"啊哈哈……"

我沉默地听着父母和小正的对话，觉得有点想吐。可能是因为小正喝的葡萄汁的气味飘过来了吧，那跟我去了好几次的落合先生家的厕所气味有点像。我怕一张开嘴就会吐，便低着头，紧紧闭上了眼睛。

　　落合先生家的厕所摆着很多花，墙上还有一幅小画。我一走进去就闻到了很好闻的气味，甚至忍不住做了个深呼吸。一开始是落合夫人领我过去的，她还在门外等我上完了厕所。第二次，我就能自己去了。

　　我在厕所和客厅之间不知跑了多少次。

　　也不知是第几次去上厕所时，我正要熟练地转动门把手，却发现它纹丝不动。无论怎么转，门把手就是一动不动。我双手抓住它，打算再用点劲儿，却听见里面传来了声音。

　　"有、有人！"

　　我吓了一大跳，顿时松开门把手，尿瞬间憋了回去，我转身沿着走廊快步往回走。

　　回到客厅，落合先生正好拿下头顶上的毛巾，对父亲说着什么。之后，夫人端来了脸盆和毛巾，玩起了"澡堂游戏"。

　　"厕所里有人"——这句话我始终没有找到

时机说出来。后来我再去上厕所，战战兢兢地转了一下门把手，竟然开了，里面还散发着香香的气味，我放心地解决了问题。

"下次再来哦。"

落合夫妇把我们一家送到了门外。

"拜拜——"

我也好几次回过头去朝他们挥手。在离去的过程中，我不经意间抬头看向那座城堡一样的房子的二楼，发现最前面那间房的蓝色窗帘被掀开了一个三角形，一个表情吓人的胖男生正盯着我。

"下次再来哦。"

落合夫妇一直挥着手，直到我们走过拐角。

到最后，我都没对父母说起厕所里传出的声音。应该说，我实在说不出来。因为窗帘背后瞪着我的那双眼睛好像在特别严肃地说："说出去就杀了你。"

那天回家后，父亲马上开始模仿落合先生，

把打湿的毛巾顶在头上，吃了晚饭，看了电视，直到睡觉才拿下来。第二天早晨，父亲说："落合先生果然没说错，我感觉身体就像长了翅膀一样轻盈。"还劝母亲也一起做。

我看了宣传册，让身体吸收这种水，除了能改善不孕和便秘之外，还可以"生发"。落合先生的头发的确很茂盛，不过父亲可能起步较晚，一直没得到什么效果。

3

我上小学二年级时，发生了"雄三舅舅把水调包事件"。

雄三舅舅是母亲的弟弟，经常到我家来劝说我父母。我好几次看见他摇晃着母亲的肩膀说："你们被骗了。""拜托你，清醒一点。"

"你不觉得孩子们很可怜吗？！"

雄三舅舅指着我和小正，我们正在吃他买来的布丁。

且不说小正，我觉得自己一点都不可怜。因为父母对我很好，布丁也很好吃。

母亲让雄三舅舅喝茶，还悠悠地说："阿雄，你这么大声，会吓到邻居的。"

至于父亲，每次听见雄三舅舅说话，基本都只做同样的回答："嗯。""是啊。""我考虑考虑。"实际上，他根本没搞懂雄三舅舅到底在气什么。有时候大家都坐着喝茶，唯独他一个人叉腰站着，说得面红耳赤、唾沫横飞。

有一天，雄三舅舅突然不再生气了。他像平时一样不打招呼就跑到我家来，在玄关一边脱鞋一边盯着母亲的脑袋。他很讨厌别人在头上顶毛巾，以前都会走过去一把扯掉。

母亲注意到雄三舅舅的视线，慌忙抬手要拿掉毛巾，结果舅舅却说出了令人难以置信的话。

"哦，不用了，你就顶着吧。"

母亲愣住了，于是舅舅微笑着说："那东西不是很重要吗？"那天，雄三舅舅盘腿坐在坐垫上，喝着母亲泡的茶，跟我们一起吃了他带来的泡芙。

"那种水叫啥来着？'金星的恩惠'？你这茶也是用它泡的吧？"舅舅举着茶杯问母亲。

"对，'金星的恩惠'，就是用它泡的。你能喝出来？"

见舅舅的态度跟以往不同，母亲虽然困惑，但还是很高兴。

"我觉得有点感觉，味道好像……"

"甘甜？"

"嗯，对，甘甜。"

"对吧？再来一杯？"

"好吧。"

"阿雄，你也装几瓶带回去吧。你不是说小慎总长不高嘛，每天给他喝一点。"

"啊？这就是水，又不是牛奶。"

"你真笨，喝个一礼拜就知道了。"

虽然舅舅最终没把母亲装进袋子里的水瓶提

回去，不过那天他们过得很平静。舅舅摸了摸我和小正的头，留下一句"下次再来"，就回去了。

后来，雄三舅舅大概每周会过来一次。他不再像以前那样大声发脾气，只是悠闲地喝喝茶、吃吃点心，关心母亲的近况。

"最近怎么样，没变化吧？"

"嗯，感觉很好。"

"多亏了那些水？"

"对呀，如果用纱布浸了那些水敷在患处，还能有膏药贴的效果呢。这对和歌子弟妹的椎间盘突出肯定很有用。"

"她上周刚做了椎间盘手术。"

"哦，是吗？那我应该早点告诉你呀。"

"嗯，要是你早点说就好了。"

母亲和雄三舅舅笑起来都会从厚嘴唇里露出一排龅牙，看起来特别像。母亲翻开产品目录，说："这条围巾很适合和歌子弟妹，下次一起订购了，送给她，作为庆祝手术成功的礼物。"

好脾气的雄三舅舅的来访持续了一段时间，然而，平静的日子在某一天突然结束了。

那天是星期日，父亲也在家。因为听母亲提到了雄三舅舅最近的变化，他很欢迎舅舅来访。他可能想学落合先生那样招待雄三舅舅，便在讲述了水的奇效之后，让母亲端来了脸盆和毛巾。

"你要这样，轻轻泡一下，只要轻轻的就好。"父亲在雄三舅舅面前手脚麻利地叠起湿毛巾，似乎心情大好。

"好，这样就成啦。"

父亲把毛巾递过去，雄三舅舅却没有接。

"你学我的样子，顶在头上试试看。"

"……姐夫，还是你自己顶吧。"

雄三舅舅一脸认真地对父亲说。

"是吗？那我先给你示范一下吧。"

父亲拿下已经顶在头上的毛巾，把他给雄三

舅舅准备的毛巾放了上去。

"怎么样？"

"嗯，很好，感觉特别好。"

"具体是什么感觉？"

"嗯，首先僵硬的肌肉有种放松感，这个很明显。如果一直顶着可能察觉不到，不过长时间不放毛巾，或是一段时间不饮用'金星的恩惠'，那种感觉就很明显。而且这会体现在数字上。我要是一不用，身体很快就变差了。"

"那个——"

"雄三君，你也快试试吧。"

"是啊，阿雄快试试吧。"

"姐夫，那可不是'金星的恩惠'。"

雄三舅舅的一句话让父母的表情都僵住了。

"那是公园装的自来水。"

"阿雄，你说什么呢？"

"……你这话真有意思。"

"阿雄，我不是跟你说过了吗，这是经过特殊仪式净化的水。"

"我给换掉了。那个纸箱里的水，全都调包了。"

父母愣住了。父亲一开始想笑，可能觉得雄三舅舅在逗他们玩儿，但是他最终没笑，而是全身震颤起来。

"'金星的恩惠'呢？"

"倒了。"

"你说什么？"

"全倒了。"

"……你把寄宿了宇宙能量的水给……倒了？"

"蠢死了，那反正也是自来水。你们都没发现吗？说白了，你们喝了两个月公园的自来水，还高兴得不得了。姐，这下你明白了吧？该醒悟了吧？快别闹了！"

"别骗人了。"

"我没骗人。你们把瓶子倒过来看看，我签了名的里面全是自来水。"

母亲从纸箱里拿起一瓶，把瓶子倒过来，果然看见了马克笔写的大大的"雄"字。

"你给我滚！"

父亲发出的怒吼像极了惨叫。这是我第一次看见父亲大吼大叫。他的脸和眼睛都涨红了，我觉得父亲随时都会开始号啕大哭。

可能一辈子都没打过架的父亲的拳头在空中划了几下。

"给我滚！给我滚！给我滚！"

我站起来打开落地窗，跑到停自行车的地方，拿着靠在那里的羽毛球拍跑了回来。

"给我滚！给我滚！给我滚！"

我全力抽打着雄三舅舅的脑袋和背部，雄三舅舅很拼命地抵抗着。"别再来了！"母亲叫喊着，可是舅舅走过去一把拽住了她的手臂。

"不要！你干什么？！"

"跟我走。"

"放开我！"

"以后再来接孩子。"

"给我滚！"

"给我滚！"

无论我怎么用球拍敲打雄三舅舅的屁股，他的大屁股都不挪位置。后来，舅舅没再拽母亲的手，因为小正从厨房拿了把菜刀出来。

"给我滚！"

小正双手紧握刀柄，颤抖着怒视雄三舅舅。平时我俩打架总是我被打哭，可是此时此刻，很少流泪的小正竟然对着他大哭大叫。

"给我滚！"

雄三舅舅无力地松开了母亲的手，缓缓走向玄关。他一边被我用球拍揍，一边慢吞吞地穿上鞋，打开大门，回头看了一眼。

"……我下次再来。"

"别来了！"

我们一家人齐声大喊，大门咔嗒一声关上了。从那天起，舅舅就再没来过。后来在外婆的葬礼上，我们见到了久违的雄三舅舅，可是大人们连招呼都不打，甚至看都不看一眼。我则远远冲着表哥小慎喊了好几十遍"大坏蛋"。

虽说是亲戚，可是雄三舅舅住在邻市，又没有我家钥匙，他是怎么跑到我家来，然后把瓶子里的水都调包的？这真的有可能吗？他真的调包了吗？其实冷静想想就知道，那根本不可能。于是我父母得出的结论是，雄三舅舅说谎了。

不过，舅舅真的把那些水调包了。他偷偷溜进来，不让别人知道，然后把瓶子全都搬到车上，把车开到附近最大的公园去，小心翼翼地撕开纸箱胶带，打开箱盖，又小心翼翼地揭开瓶子上的黄色标签，把瓶盖拧开了。倒光瓶子里的水后，舅舅又拿起马克笔在空瓶底部签上名字，然后拿到公园的水龙头底下，给瓶子灌满了自来水。最后，他盖上盖子，贴上标签，重新装箱，把箱子搬回车上，开到我家放在了原处。

做这件事需要有人协助。后来我发现，帮他的人就是小正。

小正趁我和父母出门的时候给雄三舅舅打了电话，告诉他机会来了，可以行动了。而且她还告诉舅舅该搬哪个箱子，坐着舅舅的车给他指路到了大公园，还轻轻揭开了黄色标签，拧开瓶盖，盖上瓶盖，把黑色马克笔借给舅舅。这些全是她干的。小正离开家的前一晚，把这一切都告诉了我。

"我本来以为会有用。"她苦笑着说，"没想到适得其反……"

我想象着小正蹲在公园的水龙头前，用雪白的小手一点点揭开瓶子的标签，眼前又闪过了她对雄三舅舅举起菜刀的苍白震颤的手。

　　我最后一次看见的小正的手上，覆盖着无数的伤痕和奇怪的图案，完全遮挡了真正的肤色。她无名指上戴着男朋友送的金色戒指，在厨房的荧光灯下闪烁着光芒。

4

我上小学时，朋友少得可怜，或者说，根本没交到朋友。就算跟某个人关系变好了，也会不知不觉开始疏远。有的孩子还被大人吩咐"不能跟那家人的孩子玩"，听着就像电视剧里的台词。不过我认为，相比我家的问题，还是我的问题更大一些。

教会每年都会举办节日活动和四季庆典，我小学时特别期待那些盛会，还经常带班上的同学一起去。来到会场，有好多人会跟我打招呼。大家的脸我都熟悉，很多人都是我的忘年交。于是，我一不小心就忘了自己带来的同学，被大人们拉进了聊天的圈子里。在我同学看来，自己头一次被带到这种地方来，能说话的人只有我一个，自然会觉得被我丢在了一旁。等我回过神来，往往会跟同学走散，或是对方干脆生气回家了。等那些孩子回去把这件事告诉父母，他们又会发挥奇怪的想象力，觉得自己的小孩被骗去参加可疑的宗教聚会了，于是给我家打电话横加指责。第二天，那个同学就再也不愿意接近我，我也不好主动跟对方说话了。虽说没有受到欺负，但我就是交不到朋友。

小学四年级那年，班上转来了一个女生。她个子很高，长得又漂亮，连隔壁班都有好几个人跑过来看她。她刚好被安排到了我旁边的座位上，只见她大大方方地看着我的名牌，对初次见面的我说："林……千寻，同学，你家住哪儿？"虽然我们住得并不近，不过方向一致，所以我们约定，那天放学一起回家。

回家路上，我只负责在对话中应声。她是个很爱说话的孩子，一会儿说将来想当歌星，一会儿说弟弟还小好可爱。因为座位相邻，从第二天起，她经常找我说话。她问我："你有喜欢的人吗？"我说我喜欢邻座的西条君。那个女孩子坐我左边，西条君坐我右边。

"是吗？不过西条君真的很帅呢。"

"嗯。那渡边同学呢，你有喜欢的人吗？"

"叫我小锅[1]就好啦，这是我在以前学校的外号。"

"小锅有喜欢的人吗？"

"还没有，不过我喜欢有意思的人。"

"有意思的人，那应该是武田康平君那样的人吧。"

1　"渡边"（watanabe）的后半部分与"锅"（nabe）的发音相同。

"嗯，差不多是那种感觉。"

"哦，好让人意外啊。"

"我没有喜欢他啦，但是觉得他在班上是最棒的。"

"哦——"

小锅虽然这样说，两个礼拜后却有人传她跟西条君交往了。

我们才上小学四年级，我还不能完全理解交往到底是什么意思，但是我知道，小锅跟西条君应该是喜欢彼此的。

一天，我在女厕所隔间里听见了这样的对话："那两个人上课还会偷偷传字条呢。""我知道！""趁老师没在看的时候。""对呀对呀。""渡边同学就给西条君打手势。""对对对！"

"怎么传？"我忍不住从隔间里跑出来问道。

"哇，吓我一跳。"

"怎么传啊？"

"呀，你先把手洗了好吗！"

"上课时我一直坐在中间，小锅和西条君要怎么传字条？"

"你没发现吗？他们每次都在林同学的背后传啊。"

"在我背后？"

"对，对，就像这样，两个人伸出手。"

"还从林同学的脑袋上传呢，对吧？"

"嗯，因为林同学个子很矮。"

"在我背后和脑袋上？"

"还会互相挤眼睛，用目光交流，对吧？"

"嗯。"

"挤、挤眼……目光……"

"你真的没发现吗？"

我大受打击。小锅背叛了我。她本人的说法是："我知道这件事必须跟你说，可是……"

我不再跟小锅说话，又开始放学一个人回

家了。

就算没有我，漂亮又聪明，还擅长运动的小锅也很快交到了很多朋友。西条君也一样，"高个子集团"的人每到课间休息就聚集在教室后方吵吵闹闹。个性强势的小锅并没有向我道歉，我也不愿意听她道歉。要是我们从此一刀两断，也并非不可能。

我们重归于好的契机，就是《终结者2》。小学四年级那年秋天，我在公民馆的多媒体室头一次看了《终结者2》。

当时的刺激让我非常难忘，就像全身穿过了一道电流。电影开始前发了零食和果汁，我连碰都没碰，而是紧紧盯着屏幕，在折叠椅上一动不动。

电影里有个叫约翰·康纳的孩子，我对他一见钟情。我没想到世界上竟有这么漂亮的男孩子，对他着迷得一点都没把电影看进去。后来，我知道了这个演员的真实姓名，他叫爱德华·福隆，我喜欢上他了。

看完电影，第二天是周一。我满心惦念着约翰·康纳来到学校，发现眼前的风景跟上周竟截然不同，不禁万分惊讶。若要问我发生了什么，那就是班上的男生竟变得丑陋不堪。他们一下都变得又矮又丑又脏，让我觉得是不是哪里弄错了，就连以前喜欢的西条君也一样。

我吓得不轻，还是勉强走到了座位上，再重新观察四周，发现班上不只男孩子看起来脏兮兮的，几乎所有女孩子，还有老师也一样。大家都头发凌乱，泛着油光，一脸呆傻，还流着鼻涕，不知有什么好笑的，龇着参差不齐的牙齿嘿嘿傻笑。如果看得太仔细，我会感到恶心，所以即使是上课被老师用手指——体育课上一个球飞了过来——我也始终保持着低头的姿势。

又过了一天，我那奇怪的症状还是没有好转。昨天我还对父母和小正没什么想法，结果今天仔细一看，我开始惊叹人类竟然这么丑。再打量打量镜中的自己，竟然比谁都丑。

看来我的眼睛出毛病了。父母吩咐我每天起床和睡前都要滴一次眼药水，平时还要戴一副对我来说实在太大的紫框眼镜。眼药水和眼镜都是落合先生大力推荐的东西，尤其是眼镜，跟落合先生平时爱用的那副一模一样。镜片经过特殊加工，可以在视觉信号传输到大脑之前修正扭曲的认知，这种眼镜在产品册的医疗器具专区也能找到。

由于我突然戴了一副大大的紫色眼镜去上学，同学们都忍不住远远地盯着我看。我觉得眼镜好像不会马上生效，因为那些对我指指点点、窃窃私语的同学还是跟昨天一样丑陋，于是我大失所望地走到了座位旁。

第二学期开始后，班里调换了座位，我被安排到最前排的窗边。坐在那里可以盯着校园的银杏树，不用看到任何人，对我来说再合适不过了。

第一节课快下课时，最后排的人走上来挨个收作业。我把作业放到课桌上，支着下巴凝视无人的校园，突然听见头上飘来一个声音："你这是什么眼镜啊？"

我抬起头，看到小锅漂亮的脸蛋近在咫尺。

她在我的课桌上敲了敲手上的那沓作业，同时说："好奇怪。"

"奇怪吗？"

"奇怪。"

这就是我们时隔两个月的第一次对话。

那天放学后，我们久违地一起回家了。

我把对父母坦白的话都告诉了小锅，小锅大声笑了起来。

"那你快看，那边那个大叔怎么样？"她毫

不遮掩地指着路人，要我看看他丑不丑。

"真丑。"如果我这么回答，她就会拍手大笑。

"那个阿姨呢？"

"真丑。"

"啊哈哈哈……"

"有意思吗？"

"真有意思——那你觉得自己的脸怎么样？"

"我觉得自己最丑了，所以尽量不照镜子。"

"难怪你没发现有根鼻毛跑出来了。"

"骗人，我根本没有鼻毛。"

"啊哈哈……那你觉得我怎么样？"

"漂亮。"

"啊？"

"漂亮。"

"哦。那你看看那个大叔呢？"

"真丑。"

"啊哈哈哈……还有那个人，人行道上那个。"

"嗯……一般般。"

"是吗？他不丑吗？那个人呢？"

"丑。"

"嗯，的确很丑。嘿嘿嘿……那个高中生呢？"

"一般。"

"脸的确算是一般般吧，就是发型有点蠢。"

"小锅好严格啊。"

她还问我觉得西条君怎么样，我如实回答了"很恶心"，然后向她道歉。没想到小锅嘻嘻哈哈地笑着说："你为什么道歉啊？我也一直这么想。仔细一看他根本不帅嘛。"

过了不到一周，我的症状快速好转起来。我再也不会对着镜子里的自己流眼泪了，也能借橡皮擦给邻座的田村君了，请人做事的时候还能直视对方的眼睛了。有时我不小心忘了戴眼镜，也能毫无障碍地度过一天。由于我不再需要眼镜，父亲拿去戴了一段时间，再后来就不知去哪儿了。

可能丢了，也可能送人了。

　　我还是很喜欢爱德华·福隆，不过初看电影时那种沸腾的热情渐渐平息，不知何时变成了粉丝的感情。四年级快结束时，我又喜欢上了同年级的同学。那个人叫秋山君，个子很高，五官清秀，是个很会唱歌的运动少年。他未来的梦想是成为足球选手，而他的班主任老师直接对他说："你去当偶像明星吧。"可见他长得有多帅。我喜欢秋山君喜欢了一年半，接下来喜欢上的是每天早上在上学路上擦肩而过却连名字都不知道的一个初中生。他平时骑自行车上学，所以我只能在近处看到他的脸一闪而逝，可我还是觉得他那轮廓清晰又浓密的眉毛很吸引人，这样的他真帅气。后来我又喜欢上了棒球部的森田君，他也长得又高又帅。再后来我喜欢上了学生会会长神崎前辈，他也很帅。接下来喜欢上了田井君，同样很帅。初三时我喜欢上了南老师，他当然很帅啦。我觉得每次喜欢的人都有共同的特征，又实在说不出来那到底是什么。我也认真思考过自己产生喜欢情绪的部位究竟藏着什么东西。说不定爱德华·福隆害我患上的眼病看似好了，其实并没有好。或者说，病虽然好了，但是也留下了后遗症。按照小锅的说法，那根本不是病，只是"单纯的外貌协会"。

5

　　跟小锅绝交那段时间，我在教室始终是一个人。小锅转学过来之前我也是一个人，应该早就习惯了，可是那段时间我觉得周围特别吵，所以休息时间经常躲到厕所或图书室去。每天往图书室跑，慢慢就有了固定的座位。我经常坐的地方靠近历史漫画区。午休时间，同学们都会到校园里打打躲避球、跳跳绳，到图书室看书的只有五六个人。基本上每次都是这些人，所以他们跟我一样，都是孤身一人。

　　借书柜台右侧的架子上摆满了蓝色书脊的书

本，标题都是《特蕾莎修女》这种伟人的名字。有个短发女生每次都从里面挑一本出来，坐在窗边最里面的角落弓着背阅读。她就是跟我同年级的小春。

小春跟我一样。在整个年级只有我跟小春两个人这样。我们不仅在学校，而且在每月第一和第三个星期日召开的集会上也能碰到。但仅仅是碰到，我跟她几乎没有说过话。虽然在学校没人跟我说话，但我在教会里却有很多朋友，而小春则不一样，她在学校和教会都没有朋友。如果跟她说话，她会回答，只是声音很小，又面无表情，所以周围的人都说她很"阴暗"。她跟妈妈一起去参加每年一次的研修旅行，要是在大巴上被分到窗边的座位，她会马上把窗帘拉上，盖着自己脑袋，直到下车都一动不动。一天早晨，我在学校的鞋柜前碰到她，对她说了句"早上好"，她却面无表情地走过来低声说："在学校别对我说话。"我哪有对她说话，只是打声招呼而已嘛。因为这件事，我决定今后不仅在学校，在集会上也不跟她说话了。

身在集会场所，其实很难一个人安静度过，也很难保持面无表情。因为大家的关系真的很好，经常聚在一起谈笑。里面的人不会像学校那样分级，既有上幼儿园的朋友，也有读大学的朋友。就算我一个人坐着，也会不知不觉被拉进一群人里。我还请上大学的朋友教我英语，给爱德华·福隆写了两次信。还有一对俊男美女组成的情侣，他们就是在国立大学读书的海路哥和升子姐。海路哥的爸爸是执行部长，他自己才二十岁就当上了支部长助理。升子姐的奶奶是个名人，在我懂事时已经退居幕后了，听说她以前是上级专属的祈祷师，有过一段很活跃的经历。老太太拥有各种传说，年轻时还被人当成漫画主人公，出了好几部作品。

可能受到了老太太的熏陶，升子姐可以看到人的气场。我经常让她帮我看，每次都是淡淡的粉红色。她总能看出我有喜欢的人，还知道我喜欢的人换了一个。虽然有的孩子不听升子姐的讲解，只因为自己的气场是焦茶色或灰色就一脸不满，不过我能明白这些人的心情。因为气场当然是可爱的颜色更好啊。

顺带一提，小春的气场是红色。升子姐说，她自己虽然还没发现，但她其实是个充满热情的人。我听到这番话，立刻跑到躲在集会场角落里看书的小春身边，专程告诉她"是红色哦"。过了一会儿，我回去告诉升子姐："小春说她讨厌红色。"

"是吗？"升子姐说。

"这都不是喜欢和讨厌的问题呀。""难得升子姐专程告诉她了。"大家不都喜欢可爱的颜色吗？所以我对小春很有意见。

"小春这个人明明性格阴暗，但是又很任性，对不对？"

"没错没错，而且她从来不看《星之子》。"

"也不唱歌。"

"要是她不喜欢这里，完全可以不来啊。"

升子姐原本用细长的眼睛看着小春，此时却转过头来说：

"小春到这里来不是她自己的意愿。"

升子姐这么漂亮，认真说起某些事情的时候却给人冷淡的感觉。大家瞬间沉默下来。

"小春只是听从了自己接到的指令，当然她自己肯定没有意识到这点。而且大家也一样。小友，你为什么会到这里来？"

"我……"

"因为妈妈叫你来？"

"不对，"小友摇着头说，"因为我跟小春不一样，喜欢跟大家一起唱歌。"

"是吗？那小茜呢？"

"我喜欢'工作时间'。虽然有时候会吵架，不过发表自己的想法很开心。"

"是啊，你一直都是很开心的样子。"

"还有，我也喜欢看《星之子》。我在家也看《星之子》。"

"我也看啊。"

"兔子和桃树的故事我不看也能讲出来。"

"骗人。"

"真的！"

"那你讲出来让我们听听啊。"

"停。我知道了，大家都很爱学习，所以才会到这里来……不过，那真是你们自己的意愿吗？"

也不知道大家是不是都听懂了，反正都一言不发地听着升子姐的话。

"现在，小茜来到这里和小春来到这里，两者有什么不同呢？"

"……小春心里其实不想来。"

"你怎么知道？小春自己说的吗？"

"……"

"如果她真的不喜欢这里，那为什么小春每次都来，从不缺席？"

"那是……"

"那是……"

"一切都遵从宇宙的意志。"

背后传来一个声音，我们转过头，发现海路哥抱着双臂站在那里。

"海路哥！"

"是海路哥！"

海路哥很受欢迎。

"好慢呀！迟到啦！"我们纷纷调侃他。结果他笑着说："我到大学去了一趟，让教授给拉走了。"说完，他从上衣口袋里拿出了 UNO 牌，"今天我就是来干这个的。"

很快便有几个人聚集过来，大家在榻榻米上坐成一圈，海路哥抽到最大的牌，开始灵巧地发牌。我们盯着自己拿到的牌，还在断断续续地议论小春。

"……确实，小春只用到了肉体之眼。"

海路哥看着手牌说。

"可是她也在努力去看。"

坐在海路哥对面的升子姐说。

"她在努力看，但是那样无法看见。"

"如果只凭她的意愿。"

"对，如果只凭她的意愿。"

海路哥从牌堆里抽了一张牌。

"既无法看见任何东西，也无法走到任何地方。"

"跳过。"

小友被跳了之后说："那小春就一直是这个样子啦。"

"因为她不看《星之子》，不唱歌，也不主动说话啊。那样啊，就跟没有呼吸差不多。这是我妈妈说的。"

"暂时是这样。"海路哥说。

"不过她会改变。"升子姐说。

"改变？小春会主动说话？"

"当然了。"海路哥说，"不仅会主动说话，还会唱歌跳舞，在天上飞。"

哈哈哈哈……大家笑了起来。

"她会觉醒，觉醒的人会发生改变。"升子姐说。

"但那并不是小春的意愿。"

海路哥说完，两人对视一眼。

"Draw 4！"

最近刚刚学会打 UNO 的孩子高兴地叫了一声。

"啊，混蛋。"

"小达干得好，今天我们要合力干掉海路哥！"

"我可不会让你们轻易得逞。"

"因为你答应打输了要请我们吃雪糕。"

"我答应过吗？"

"还是跳裸舞比吃雪糕好！"

"赞成！海路哥跟升子姐一起跳裸舞！"

"我、我也要吗？"

"这样吧！海路哥、升子姐还有小春一起跳裸舞！"

"哈哈哈哈……"

"够了够了，别擅自决定。"

"啊哈哈哈……"

"快，轮到小千了。"

"好——啊哈哈哈哈……"

多亏了海路哥出现，之前沉闷的气氛一下就消失了。我特别喜欢这样的时光，只为了这个才会每月参加两次集会。

老实说，我一点都不喜欢集会前半部分的"学习时间"和"工作时间"。唱歌也是，唱到高音的颤音部分嗓子会痛，因此不太喜欢。我觉得像小春那样窝在角落里看喜欢的书和漫画更好玩儿……而且我还觉得大家都这么想。刚才好在没跟升子姐对上目光，如果她问起我到这里来的理由，我肯定回答不上来。

小春依旧待在同样的地方，用同样的姿势看书。

只要想象一下小春唱歌或是跳裸舞的样子，我就觉得特别好笑，本来已经平息的笑意又涌了上来。

"小千笑过头了啦。"

"对、对不起，可是小春跳裸舞，哈哈哈……"

"小千，现在可不是笑话别人的时候哦。"海路哥说，"我已经知道了你上周的美化运动偷懒没来。人家小春都参加了，要是下次再偷懒，小千也要……"

"我、我没有！我那天一大早闹肚子了，妈妈都给支部长打过电话了。"

"啊哈哈哈……开玩笑，开玩笑的。UNO！"

"哇，什么时候变这样了！"

"海路哥又要赢了。"

"哈哈哈……抱歉啦。"

"你这个大人让一下小孩啦。"

"你们想打赢我，还差一亿年呢。"

海路哥跟孩子打牌也分毫不让。我们像平时一样，直到结束都一直在打 UNO 和扑克牌，同时吃着点心聊着天。

在图书室过中午那段时间，我跟小春的目光相遇过一次。因为外面阳光太刺眼，我站起来想拉窗帘，坐在窗边的小春瞥了我一眼。她很快就伏在了桌上。我感觉小春好像在哭。

　　我吓了一跳，忍不住走过去想跟她说话，可
是她突然立起摊在桌上的书，把脸藏在了后面。
于是我没有说话，拉上窗帘就回去了，因此不知
道她为什么哭。可能是因为阳光刺眼，也可能是
我看错了，也可能她被手上的《德川家康》感动了。
不久之后，我跟小锅重归于好，就不再去图书室
了。平时我只在学校走廊上偶尔碰到小春，或是
在集会上看到她，而她每次都面无表情，孤身一
人，走到哪儿都低着头。

　　小春会改变。升子姐的确这样说过。早知道
就该问清楚，小春具体会在什么时候、什么地方
发生改变。

　　正如升子姐所说，小春后来改变了。升子姐
可能早就看透了一切，我却一点都没发现。等我
发现时，小春可能已经完成改变了。

　　那件事发生在每半年举办一次的放映会上。

当时我刚上初中，是春天的放映会。

那天我们看的是《幸福的黄手绢》。

我不知道每次都是什么人来挑选作品，总之在小学生眼中，那些都是很无聊的电影。一开始孩子们还会排排坐在公民馆多媒体室的折叠椅上，可是放到一半就开始有人四处走动，悄声聊天。

放电影时吵吵闹闹的小学生们一直聚在多媒体室后面，电影放完了都不走。我在一片笑声中听见有人说："你怎么了？""把头抬起来呀。"于是往后一看，发现一群小学生围住了角落里的座位。

"你怎么了？"

"小春，你说话呀。"

看来被围住的人是小春。

我站起来仔细看，发现小春坐在折叠椅上，弯着腰把脸埋在掌心里。她从小学六年级快结束时开始留长发，那天把及肩的长发梳到脑后，用红丝带扎了起来。

孩子们从四面八方戳着小春的背部和侧腹。

"小——春——"

"喂——"

如果被戳到侧腹，小春的身体会突然抖一下，孩子们似乎觉得这样很有趣，一直没有停止攻击。

"快起来啦。"

"抬起头呀！"

"难道你在哭？"

"小春，你在哭吗？"

有人拽着小春的辫子，想强迫她抬起头来。小春猛地甩开孩子们的手，同时站起身来，依旧用双手捂着脸，开始原地打转，不断踢周围的椅子。孩子们似乎觉得她这个样子更有意思了，便追着小春不放。他们故意把小春引向墙壁，见小春撞到脑袋就哄笑起来。他们还用力拽她的 T 恤，拍着手起哄说看见她的胸罩了。

"你们几个快住手！"我们都在旁边警告，可是孩子们全然不理睬。

"让我看看你的脸啊。"

"你在哭吗？"

"小春。"

"她在哭！"

"真的！小春在哭！"

"真的吗？"

"小春，你在哭吗？"

上五年级的佑太郎抓住小春的双手用力向外扯。我走过去准备抓住几个孩子教训一番，但是面朝墙壁弓着背的小春突然直起身子，把头转了过来。

小春满脸通红，龇起了雪白的牙齿。她叉开双脚站直身子，两手往腰上一叉，朝孩子们大吼："我不能哭吗？！"

"哇！小春生气了！"

孩子们大声笑着四散奔逃，这回换成小春高喊着"给我站住"朝他们追了过去。

我吓了一跳。这是我头一次看到小春露出笑脸。

我愣在原地，仿佛被所有人抛弃了。

6

我上小学五年级时，姐姐小正离开了家。小正当时才上高一，我觉得她根本没有认真上学，应该是被劝退之后转头就离家出走了。

小正很少到集会露面。我们还小的时候，曾经手牵着手到教会和集会场所去，家里相簿里也贴了很多参加活动的照片。可是从中间开始，照片上就只有我了。就算拍到小正，她也只是在后面低头不语或是面无表情，反正没有一张能看。

我还小的时候，小正曾经对我说："爸爸妈妈之所以变成那样，全是小千的错，因为小千总是生病。"

或许的确是因为我。如果我是个让人省心的小婴儿，父亲就不会去找落合先生了。

我猜，小正应该挺寂寞的，因为父母的关怀全都集中到了我身上。但那也只是最初几年，只是母亲记日记的那几年而已。他们奉献的对象不知不觉变成了别的东西。母亲不再注重穿衣打扮，父亲离开了原来的公司，请支部长介绍了别的工作，这些应该都不怪我。

小正在离家出走的前一天不声不响地回到了家。

她平时总在外面过夜，家人也不知道她睡在哪儿，那天久违地回到家里，而且还很正常地打开家门喊了一声"我回来啦"，所以父亲母亲都特别高兴。本来已经把晚饭吃的炖菜准备好了，母亲还专门跑去快打烊的超市买了小正喜欢的巧克力切片面包。小正以前只要在家，肯定会跟父母吵架，然后大发脾气。唯独那天晚上，我们家十分平静。她看到自己一个月前回家时一脚踢破的纸门，还事不关己地笑着说："好夸张啊。"

"那不是你跟爸爸吵架，自己踢坏的嘛。"

"呵呵呵……的确是。"

"今天在家睡吗？"

"嗯。你感冒了吗？"

"没有啊。"

我有点鼻音，因为说话的时候没喘气。小正全身散发着厨余垃圾的气味，真不知道她每天晚上到底睡在什么地方。

那天半夜，小正把我叫醒，拖着睡眼惺忪的我走进厨房，拿了母亲买的面包盘腿坐在地上，打开袋子分给我一个，然后自己也拿了一个开始吃。我不明白自己为什么被叫醒，只能晃了晃还有点迷糊的脑袋，结果小正叽叽咕咕地自言自语起来。她虽然把父母叫成"那两个家伙"，但是语气很平静。

　　吃完一个面包，我已经清醒了八成，告诉小正上个月我一个人去参加了外婆的法事。"雄三舅舅怎么样？"小正问了一句。我回答："我们没打招呼，但他看起来挺不错。"然后小正就把"雄三舅舅把水调包事件"的真相告诉了我。

　　"啊？可是当时你不是拿着菜刀要砍舅舅吗？"

　　"嗯，我也不知道自己怎么了。"

　　"舅舅当时肯定吓了一跳。"

　　"我跟舅舅商量对策的时候，还觉得能行得通呢……"

　　小正递给我第二个面包。虽然我肚子不饿，可还是接过来咬了一口。

　　"小千，你有喜欢的人吗？"

　　我一边嚼面包，一边回了个"嗯"。

　　"对方是什么样的人？"

　　当时我对爱德华·福隆的热情已经减退，正

喜欢着秋山君。

"他个子很高，特别会踢足球，还会唱歌，还会倒立呢。"

"哦，那很帅啊。"

"你呢？"

"有啊。"

"什么样的人？"

"个子很矮，不会踢足球，唱歌五音不全，而且不会倒立，差劲死了。"

"啊哈哈哈……"

"嘘！"小正瞥了一眼父母的房间，竖起手指抵在嘴唇上。她以前都专门挑他们睡觉的时候回家大吵大闹的啊。

"那你喜欢那个人什么？"

"喜欢什么？嗯……"小正抱着胳膊想了一会儿，"不知道。"

"不知道？"

"嗯，硬要说的话，就是叹气的样子。"

"叹气？"

"他总是很容易叹气，就是'唉'的一声。那个样子特别无力，每次我听到那个叹气声，就觉得这家伙真的很无力，是个好家伙呢。"

"啊？"

"你肯定不懂吧？"

"不懂。"

"呵呵！你亲过嘴吗？不过想想也不可能。"

我险些被面包给噎住了，猛烈咳嗽起来。小正一边给我拍背，一边道了歉。

"啊哈哈……不好意思，不好意思。"

说完她站起来，倒了一杯自来水递给我。当时我一直听父母的话，绝对不喝自来水，所以只把杯子接了过来，并没有喝下去。当我百无聊赖地用左右手换着拿杯子时，小正突然问："你有想过结婚吗？"

"没有啦，没有。"

"你不想结婚吗？"

"嗯……唉，不知道。我没有想过。"

"那倒也是，你才上小学四年级啊。"

"五年级了。"

"是吗？"

"小正你呢？"

"结婚？"

"嗯。"

"我想结婚，而且要结婚。"

"啊，你要结婚啦？"

"不是马上啦。"

"跟那个不会踢球的人？"

"嗯。"

"请我去！婚礼，请我去！"

"婚礼啊……"

"你要穿婚纱吗？"

"婚纱啊……"

"不穿？那穿和服？"

"不知道呢……"

"你跟爸妈说了？"

"没有。"

"他们肯定会吓一跳。"

"嗯。"

"新婚旅行要去哪里？"

"新婚旅行啊……"

"夏威夷？法国？啊，美国对不对？去好莱坞吗？我能不能一起去？"

"嗯……这个嘛……我突然有点困了，去睡觉吧。"

"我一点都不困。"

"明天不是要上学吗？去睡吧。"

说完，小正就从地板上爬了起来。她的褐色长发顺着我的鼻尖擦了过去。小正洗过澡，身上已经没有厨余垃圾的气味了。

"那我们明天再聊吧，你明天也在家里过夜吧？"

这里就是她家，说过夜有点奇怪，不过小正还是答应了我。

第二天早晨我起床时，小正已经走了。她在矮桌上留了一张字条，写着"拜拜，我再也不回来了"。

小正不回家已经不是一天两天的事情了，但父母可能感觉这次跟以前不太一样，便报了警，还亲自到能想到的地方去找了好几遍。我也在车站周围和公园附近找了好久，目光总是被厨余垃圾的收集站吸引过去，还养成了见到有人骑摩托车载人，就觉得后面那个是小正，一定要仔细看看的习惯。父母每天晚上都会筋疲力尽地回来，落合先生和教会的很多人还给他们出了各种主意。父母为了让小正平安回来，无论是坐在瀑布底下挨浇，还是断食挨饿，能做的都做过了。

　　我也跟父母一道，每天早晚不停地祈祷，希望小正能回家。我以前从未如此认真祈祷过。一想到今后可能再也见不到小正，我心里就特别难受，无论是在家还是在学校上课，一想到小正就会泪流不止。有时候到了深夜，母亲的被窝里也会传来啜泣的声音。我们一家人想尽各种办法，最后还是没找到小正，她也从来没联系过我们。

7

小正失踪半年后，我家接到了一通来电。

我正在矮桌旁对着教科书写当天的家庭作业，母亲拿起听筒，转头叫了我一声："是铃木君打来的。"

"铃木？"

我一时想不起那是谁。

"……哦，二班的铃木君？"

"不知道，他问我千寻同学在不在。"

母亲把听筒交给我，径自回到了厨房。

"喂，你好。"

"……你好。"

"什么事？"

从来没跟我说过话的二班的铃木君找我究竟要干什么呢？如果对方是个帅哥，我可能会心跳加速，然而我完全想不起铃木君的样子。我记得他个子有点矮，还戴着眼镜，也不知道是不是……

"……你是林千寻？"

"嗯，什么事？"

"……知道我是谁吗？"

"你不是铃木君吗？"

"……不是。"

"啊？"

"你不知道我是谁？"

"你不是二班的铃木君吗？"

"都说了不是。"

"那是谁？"

对面安静了片刻，然后传来混着鼻音的笑声。

我觉得很诡异，拿开听筒准备挂电话，却听到那个人说："我是博之。"

"……谁？"

"我是博之。"

"……谁啊？"

"都说了，我是博之，落合博之。"

……啊！

霎时间，我脑中浮现出那个躲在蓝色窗帘后面盯着我的胖男孩的脸。

博之君，就是落合先生家那个说不了话的孩子！

"想起来了？"

"……嗯。"

"吓了一跳吧？"

"嗯。你、为什么，博……"

"笨蛋，别把我名字说出来。"

"……"

"管我叫铃木。要是让你爸妈发现了会很麻烦。"

"铃木君，你找我干什么？"

"吓了一跳吧？"

"……嗯。"

"其实我能说话。"

"……嗯。"

"是不是吓了一跳？"

"……嗯。"

"不准告诉别人。"

"……"

"说了我就杀了你。"

"……好。"

博之君让我星期六下午三点到邻市车站大楼三层的甜甜圈店去。我听他说了一遍也搞不清楚地方，而且身上也没钱，就拒绝道："我不能去。"

"给我来。"

"如果我能带爸爸妈妈去……"

"不行，你是蠢蛋吗？"

"那我不能去，因为我没钱坐车。"

"哼。"

"那个，电话聊太久妈妈会骂……"

"知道了，我过去。"

"啊？"

"我到你那边去。是中尾站对吧？车站附近有什么？"

"什么？"

"有没有醒目的地方？肯定有吧？"

"有吗……"

"那就中尾站检票口，下午三点，可以吧？"

"哦……"

"要是不守约，我就杀了你。"

于是，博之君就结束了这通莫名其妙的电话。

星期六，我单纯因为不想被杀，便在下午三

点来到了车站检票口，发现博之君已经在那里了。都已经是初夏了，他还穿着黑色风衣，把兜帽盖到了眼睛上，躲在导向牌后面，露出半张脸盯着我。他努着肉乎乎的下巴示意了车站深处，然后一言不发地走了过去。

博之君平时不参加集会和研修旅行，只会在烧烤大会和打年糕大会这种跟食物有关的活动上露面。我只是远远地看见过他，现在凑近一看，觉得他果真很吓人。只见博之君从导向牌后面露出全身，体形无比巨大。

我跟着他走到了一家甜甜圈店。博之君买了七个甜甜圈和两杯蜜瓜汽水，转向一言不发的我，咧嘴笑着说："我请客。"

这是我有生以来头一次光顾甜甜圈店，甜甜圈好吃得超乎想象，让我完全忘记了博之君的存在。我吃完浇了一层巧克力的甜甜圈，又拿起撒着糖粉的甜甜圈，却被博之君瞪了一眼："那是我的。"

"你脸皮好厚啊。"他又说。

我不说话，转而喝起了蜜瓜汽水。蜜瓜汽水也是平时喝不到的好东西。

"别发出声音。"

沾了一嘴糖粉的博之君说道。虽然我还惦记着甜甜圈，但被他这么一说突然很想回家了。

我放下汽水低头不语，博之君夸张地叹了口气。

"你这家伙现在就这样，将来可怎么办啊。"

他这句话很像电视剧台词。我抬起头，他又叹了口气，带着甜味的气息吹动了我的刘海。

"这个样子将来能靠谱吗？"

"……"

"能教育得了孩子吗？"

"……"

"喂！"

"……"

"喂，说话啊。"

"哦……"

"你知道我在说什么吗？"

我摇摇头，他又叹了口气。我把脸转开了。

"原来你什么都不知道啊。"

"……"

"我告诉你吧，我们俩将来要结婚。"

"啊？"

"吓了一跳吧？"

我话都说不出来，他又笑着说："虽然还没定下来。"

"除了你还有别的候选人，目前正在挑选呢。"

"……"

"哈哈哈哈，你的脸好像狨一样。你知道狨是什么吗？"

我摇摇头。

"自己查图鉴去。真是太像了。我想养只狨，可是外面没有卖的。你想养什么？"

"……"

"我问你就要回答。"

"狗……"

"狗啊，狗也不错。什么狗？"

我回答了柴犬。他又跟我聊了一会儿狗。博之君说，等结婚了就养两条狗，还有狨，还有会说话的鹦鹉。他不喜欢猫，所以宣称绝不养猫。然后他大声说："回话！"我就默不作声地点了点头。

等我们离开甜甜圈店，外面已经有点黑了。我以为他要进站，结果博之君拽着我的手腕把我拉到了甜甜圈店背后。我正不明所以，双肩就被人用力捏住，眼前突然出现一个巨大的黑影。那个瞬间，我感知到危险，本能地挥了一拳。

"啊！"

博之君一只手捂着鼻子，恶狠狠地看着我。

"你这家伙……"

我觉得自己要被杀了，没想到博之君突然看着我笑了起来。

"啊哈哈哈哈哈哈哈哈……"

我愣住了。他指着我的脸，笑得前仰后合，然后突然换上严肃的表情，狠狠地吐出一句"丑八怪"，转身朝车站走了过去。

我感觉自己像在做噩梦，唯独口腔里残留的甜甜圈甜味无比逼真。我刚才差点被人亲了！等我回过神来，已经走到了家附近那个熟悉的儿童公园门口。我感到一阵恶心，险些把甜甜圈和蜜瓜汽水都吐了出来。于是我在长椅上待了一会儿，直到自己平静下来。一回到家我就直奔浴室。站在浴室里，我不知为何眼泪停不下来。我想起当时小正对我说过的话："你亲过嘴吗？"

父母坚信音讯全无的小正最后会平安回来，

所以在她离家出走半年后，依旧每天早晚热忱地祈祷。我则开始觉得，只要小正在外面过得开心，那样就够了。

　　要是有一天我能再见到小正，那我希望还能再次跟她半夜躲在厨房啃面包，聊同样的话题。我想告诉小正："有一次我差点被亲了！好恶心好恶心好恶心好恶心！"

8

南隼人老师在我读初三那年春天入职了。我在开学典礼上头一次见到他，毫不夸张地说，感觉他好像爱德华·福隆。南老师就像东洋版的爱德华·福隆，爱德华·福隆就像西洋版的南老师。

教导主任在体育馆舞台上介绍说，南老师将担任二年级一班的副班主任，二年级队伍里的女生立刻发出了欢呼。其后，教导主任又介绍道："南老师还将负责二年级全级以及三年级一、二班的数学课程。"这回我身边的同学也骚动起来了。那天早晨，我刚在分班表上查到自己被分到了二班。

　　新上任的老师接过话筒，按顺序做了自我介绍。南老师的自我介绍是这样的："大家好，我叫南隼人。来到这所学校，首先让我感到惊讶的就是大家明亮的笑容和充满活力的问候。今天早上我从停车场走到教员办公室，一路上共有十二名学生对陌生的我大声说了早安。看来，问候能够让自己和对方都充满活力。多亏了各位同学，我南隼人从第一天开始就能量饱满。呃，其实大家别看我这个样子，我也是体育社团出身，特长是从初中一直坚持到大学的网球运动。这次我还与松本老师交接了工作，从本年度起担任女子网球部的顾问教师，从而参与到各位的社团活动中。各位一年级新生，网球很有趣哦，请积极参与社团体验活动。谢谢大家！"

　　老师弯下颀长的身躯向我们行礼，会场顿时响起排山倒海般的掌声。那天放学后，我跑去隔壁班找到横森同学，提出希望加入社团。横森同学是女子网球部的部长，初二那年跟我同班，我们也说过几句话，我觉得应该能行，然而她却以"我们不接受初三学生的报名"为由，把我拒绝了。

我对老师的思念越积越多，甚至在数学教科书的封面背部贴上了老师的个人资料。

南隼人（Minami Hayato）：出生于5月3日日本宪法纪念日，26岁，金牛座，A型，身高184cm，体重75kg。特长：网球、钢琴。喜欢的食物：蛋包饭、煎饺、寿司、法式蒙布朗。讨厌的食物：香菇。每月上两次美发店，喜欢擅长料理的异性，不喜欢邋遢的人。喜欢的地方：夏威夷。想去的地方：印度。目前独居，喜欢夏天，喜欢小侄女，喜欢狗……

第二学期第一堂数学课，南老师把我们都看

了一遍，然后说："你们总算有点备考生的样子了。"

我心中一颤。升学考试将至，意味着我快毕业了。南老师说："还有半年就要上战场了！"在我耳中却变成："还有半年就要永别了！"

早知道上学期的期末考试我就该考不及格。因为考不及格的学生要在暑假上南老师的补习课。直到一年前，数学还是我最不拿手的科目，但是升到初三，我实在太喜欢南老师了，连带着喜欢上了数学，考试拿到了远远高出平均分的分数。

据考不及格的高木同学说，老师每次都在网球场上讲课。课程本身很无聊，不过最后一天老师请所有人喝了饮料。高木同学说："混蛋，老子想去海边玩儿啊！"据说那是在模仿南老师。听说南老师总是看着窗外，有事没事感叹这么一句。"混蛋，老子想去海边玩儿啊！"那年夏天，这句话成了补习生中最流行的话。

暑假结束后，南老师被晒得黝黑，跟爱德华·福隆有些不一样了。可是，他依旧很帅。不管南老师像不像爱德华·福隆，我都喜欢他。能够在讲台上看见老师的日子已经不多，我从第二学期中间开始，已经顾不上听课了。那么，我究竟在干什么？其实在画南老师的肖像。从我意识到"毕业"这个词的那一刻起，我就开始画南老师的肖像，渐渐越攒越多。

后面的座位又传来窃窃私语。

"你看她。"

"嗯。"

"又在画了。"

"真的呢。"

"都第几张了啊。"

"谁知道。"

"她怎么就不腻呢。"

"对啊。"

我转向传出声音的方向，与隔着两排座位的斋藤同学和旁边的岛本君对上了目光。斋藤同学用口型对我说："你，又，在，画，啦？"

"嗯。"我点点头。

"第几张了？"

我双手比出数字九，两人面面相觑，无声地笑了起来。

尽管我没有公开表明过自己的感情，但是二班的同学好像都知道了。

有人对我说："让我看看你画的南老师。"我装傻道："画？什么画？"可是要看的人实在太多，我渐渐连装傻都懒得装了，干脆让他们随便看去。我每次都在报告纸上画画，画完了就一张一张夹在透明文件夹里放好。大家看到我的画，竟然大都做出了友善的反应。

虽然很少有人说我画得棒，但是很多人说"厉害"，还有人说"好糟糕"，我也理解成了正面的意思。要是有人一通大笑过后说"太好笑了"，我可能会有点受伤，不过后来我自己翻看那些画，倒也觉得其中一些很好笑。

同学们纷纷说出了自己的感想，其中最多的就是："你干吗不对老师表白看看？"

"别担心，肯定会顺利的。"

"就要铁了心上。"

"老师应该会很高兴哦。"

"加油，我支持你。"

他们全都这样说。

"要是你不敢一个人表白，那我陪你去吧？"

"我也想去。"

"我也去。"

"还有我。"

"好，那就大家一起去。"

"什么时候表白？"

"等、等一下啊，大家怎么都这样说。反正你们就是想躲在柱子背后看我被拒绝，然后笑话我呗。"听到我这样说，他们都大笑起来："啊，被你发现啦？"

虽然我没有勇气表白，但是暗地里幻想过这样的场景——虽然不知道毕业前我能攒几张老师的肖像画，不过我要从中挑选一张最好的，涂上颜色，在毕业典礼那天送给老师。还要送南老师最喜欢的蒙布朗，再加上一张卡片。

卡片上不能写太露骨的文字，要收敛一点。比如"感谢老师让我的课堂变得无比快乐"，或者"聊表谢意"之类的话。

老师接过肖像画和蒙布朗，一定会害羞地说一声"谢啦"，还揉揉我的脑袋，轻轻拍几下。

9

"听说那家伙对网球部的女生出手了。"

回家路上，小锅这样说。

小锅升上初中后加入了女子篮球部，从初二下学期到初三夏天一直担任队长。巧的是，我们小学毕业后，时隔两年被分到了同一个班级，小锅从社团引退后，每天都跟我一起放学。

"我知道。"

"你不觉得很恶心吗？"

"可那只是传闻啊。"

小锅长叹一声："我根本不明白那家伙哪里

好了。"

　　小锅的男朋友也在篮球部，但是他们放暑假时分手了。分手的原因是"他太笨"。他们从初一就在一起了，这种事小锅应该早就知道，结果到现在突然用这种理由提分手，我觉得她男朋友也挺可怜的。她男朋友是四班的新村君，似乎还不能放下小锅，午休和放学后都会跑到二班来，躲在门后面偷看她。他的行为似乎让小锅更加烦躁，总是拿我出气，我实在很为难。

　　"你该不是嫉妒我吧？"

　　"哈啊？"

　　"因为我有喜欢的人。要是你嫉妒我，那就赶紧找下一任男友啊。"

　　我话音刚落，小锅就生气了。

　　"不好意思，我已经有下一任了。"

　　"骗人。"

　　"真的。"

"谁啊？"

"上回不是跟你说过吗，我跟美咲、美咲的男朋友，还有她男朋友的朋友去吃比萨了。"

"是说过。"

"就是那个人。"

"宫前高中的那个？"

"对。"

"嗯，那很好啊。"

"我们还去看电影了。"

"不错。"

"当时我给他看全班的集体照，他说你长得很可爱，还说下次会叫个朋友来，要不要四个人一起出去玩儿。"

"什么意思啊？"

"我拒绝了。"

"哦——"

"我说你加入了很可疑的宗教，于是他就说

那算了。"

"是吗？"

"因为这都是真的呀。"

小锅经常故意说些带有恶意的话，不过因为从小学开始就这样，我早就习以为常了。有一次，她还满不在乎地说不知道我算不算她真正的朋友。有一天，我正好碰到了刚从小学放学的小锅弟弟，第二天早上，小锅就走到我座位前问："你昨天见到我弟了？"我点头说见到了，小锅又说："我弟说他见到姐姐的朋友了，但不知道是谁。我听他描述了特征，觉得应该是你，但我心里并没有把你跟'朋友'这个词联系在一起。你明白吗？"我说我不明白，小锅便说："就是说啊，要是别人问我你是我什么人，我也不知道怎么解释。我没法一下就说出这是我朋友。你明白吗？"

我还是不明白，但是心里很受伤。我当然把小锅当成了朋友。刚上初中时，小锅得知我每天一个人度过午休时间，第二天午休就带了两个篮球部的同学过来，一直在教室跟我待到上课铃响。通过小锅，我渐渐跟篮球部的女生混熟了，还不知不觉能像普通人一样跟班上同学说话了。

小锅运动细胞发达，比我优秀得多，恐怕明年这个时候已经穿上宫前高中的校服了。如果我考试顺利，就会去濑乃高中。我俩明明要考不一样的高中，但我就是没有要跟小锅分开的预感。因为我能够清楚勾勒出明年这个时候，我们纵使身穿不同校服，依旧并肩走在路上的画面。

虽然气氛变得有些尴尬，来到分岔路口时，我们还是像往常一样挥挥手道了别。

回到家里，我发现大门上着锁，随即想起父母说他们白天要去落合先生那边，可能晚上才回来。我从邮箱里拿出一沓传单，随手摆在矮桌上，然后打开冰箱，看见里面放着豆腐和蒸土豆。这些都是我爱吃的东西。我肚子很饿了，于是马上换下校服，切了半块豆腐，淋上酱油，用勺子吃了起来。吃豆腐的时候，我还顺便背了历史年号。都说人分起早型和熬夜型，而我则在傍晚到入夜这段家里没人的时间里最能集中精神学习。因为我家只有两个房间，要是父母在家，他们说话的声音能听得一清二楚，我也会忍不住跟他们聊起来。我们搬过四次家，每次房子都越变越小。每次跟随父母去看新家时，我都会觉得自己家慢慢地就要消失不见了。

小正离家后，我瞒着父母把小正的衣服、包包和教科书一点点搬到跳蚤市场上卖掉了。这应该能让房间感觉宽敞一些，然而家里新买的祭坛占去了很多地方，所以我还是觉得很挤。晚上七点，我背对着祭坛正在学习，父母回来了。

他们手上提着塑料袋，从凹凸不平的轮廓推测，里面应该是土豆。落合先生的夫人不知是在秋田还是青森出生的，总之老家在东北，而且弟弟是种土豆的。夫人经常能收到好多土豆，于是便会分一点给我们家。不仅是土豆，我觉得落合先生家可能吃的东西太多了，每次父母去做客，都能提着满满一袋子点心或沾着土的蔬菜回来。今天他们带回了一袋土豆和一袋红小豆，另外还有橘子、苹果和夫人亲手做的饼干。

"夫人今天起了个大早，做了好多饼干。她以为小千你也会去呢。"

"今天是周四。"

"听说今天你要上学，夫人特别遗憾。"

"她应该知道啊。"

"可是博之君没上学啊，一定是因为这样，夫人才没反应过来。"

"哦。"

饼干都包得漂漂亮亮的。我解开丝带，拿出一块有红色果酱的饼干放进嘴里。真好吃！夫人做的饼干一直都这么好吃。

"星期日你要去参加集会吧？"

父亲一边倒水一边说。

"嗯。"

"听说落合先生也会露个脸，小千，你别忘了谢谢人家。"

"落合先生？好难得啊。"

"他好像要跟海路同学他们开会。"

"哦。"

"小千肚子饿了吗？"

"有点。刚才我吃了豆腐。"

"是吗，那晚饭想吃什么？"

"我吃米饭和剩下的豆腐就好了，而且还有饼干。"

父母都不怎么吃东西。他们每天可能只吃一餐或一餐半。据说他们两个都不会感到肚子饿，所以全家只有我最能吃。我完全停不下吃饼干的手。我吃着饼干，父母则在旁边小口啜饮着杯子里的水，高兴地谈论着刚从落合先生那里听来的话。

母亲不再像过去那样叫我吃这个吃那个，虽然煮饭坚持不用白米，而是用玄米来煮，至于我要吃泡面还是面包，她一概不管。虽说如此，但她也没有完全不管我。这单纯是因为我的健康处在满分状态，再也没有让她担忧的地方了。

按照小锅和其他女生的说法，我家好像是对话比较多的家庭。比如我迟迟改不掉从小养成的习惯，都已经初三了，每天早上即使没人问，也会主动报告大便的状态。除此之外，我们还经常谈论集会上听来的事情、学校发生的事情，还有自己喜欢的人。到目前为止，我喜欢上的人全都告诉了父母。有优斗君、卓也君、西条君、爱德华·福隆、秋山君、不认识的初中生、森田君、神崎前辈、田井君，还有南老师。

我给他们看南老师的照片时，父亲说："很

有男子汉气概啊。"母亲点头附和："的确是。"无论我提起谁，父亲一定会说："下次带到家里来玩吧。小千喜欢的人，我们特别欢迎。"南老师那次也一样。

"不行啦，老师一般不会到学生家里玩。如果是班主任，可能还会做做家访，可是南老师是二年级一班的副班主任，他不会到我们家来的。"

听了我的话，父亲露出了十分遗憾的表情。

那时我说着说着就意识到，要是南老师是我的班主任，肯定会到我家来做家访，那他可能会见到母亲，甚至父亲。我父母跟即使没有社团活动时也穿着高价西装的南老师不一样，实在很难称得上干净整齐，不知老师看了会作何反应。今天父母也穿着大约五年前在跳蚤市场买的绿色运动服，坐电车去的落合先生家。如果是早已熟悉的人，现在肯定不会有什么想法，可是万一让不熟的人看见了，他们恐怕会被当成可疑的中年夫妇吧……

"怎么了？"

父亲察觉到我的目光，疑惑地问。

"没什么，可能是饼干吃多了，嘴里又甜又腻的。"

我撑着矮桌想站起来去倒水，不小心把叠成一堆的传单给碰掉了。于是我又弯腰去捡，发现传单中间还夹着一张明信片。

我拿起来一看，发现那是寄给我的明信片。反过来，背面写着"七年忌法要通知"。

"啊——"

"怎么了？"

我把明信片拿给父母看，同时得意地挥了挥拳头。

"七年忌法要的通知来啦！"

为什么法要不是每年举办一次呢？要么半年

一次，甚至一个月一次，我也很乐意去。上次参加法要，我还在上小学五年级。当时我代表一家人，独自出席了外婆的三年忌。

在此之前应该也办过法要，但我们一家人没有得到邀请。因为父母在外婆的葬礼上，用特别大的声音念了跟和尚诵经明显很不一样的祈祷词，马上就被请了出去。

或许他们的确邀请了，只是父母拒绝出席。小学五年级那天突然寄到家里来的"法要通知"明信片上没有写父母的名字，而是写了小正和我的名字。当时小正还没离家出走，但是天天不回家，又联系不上，所以我对父母说："我一个人也能去。"父母一开始说没那个必要，最后拗不过我苦苦恳求，便批准我去了。

那天一早我就饿着肚子，我已经不记得是因为睡懒觉错过了早饭，还是家里什么吃的都没有了。总之，我饿着肚子坐电车去了法要会场。

空腹的痛苦盖过了一个人出门的不安，好不容易熬过了和尚念经和来宾缅怀，总算到了期盼已久的午饭时间。我跟在大人后面上了三楼餐厅，被领到座位上坐下时，脑子已经开始发晕了。打开眼前那个大饭盒的瞬间，我忍不住大叫一声："哇，好诱人！"

大人齐齐看了过来，我羞得抬不起头。可就在那时，我听到一个男人的声音："哦，真的，好诱人。"

于是我抬头一看，发现坐在我斜对面那个穿黑色西装的男人对我笑了笑。

"好久不见了，千寻。"男人说，"两年了吧？"

过了好几秒钟，我才意识到那是表哥小慎。当时小慎已经在读高三了。

我们一边吃便当，一边久违地聊了好久。小慎问我学校怎么样，我告诉他上个月学校搞野外活动，我生平第一次野营了。晚上吃的是大家一起做的咖喱和用野炊饭盒烧的饭，老师们还扮成鬼怪，带我们玩试胆大会，虽然半夜拉肚子很痛苦，但是很开心。"野营吗？真好啊！"小慎眯着眼笑了笑，又说，"你明年不是有毕业旅行吗，要去哪里？"我回答："去京都。"然后说，"虽然不知道能不能去，不过野营这么好玩儿，就算去不了京都也无所谓。这个厚蛋烧你吃了没？特别好吃。"

小慎用筷子夹了一块厚蛋烧放进我的饭盒里，于是我往他饭盒里夹了一块竹笋作为回礼。小慎说，明年他要考东京的大学，还跟我说起了他那个刚刚被女孩子甩掉的搞怪朋友。舅舅和舅妈问我小正怎么样，我一边咀嚼一边说："很好，很好。"

"又能吃到好吃的便当了……"

　　我捧着明信片，呆呆地看着虚空，脑子里不断浮现出又甜又大块的厚蛋烧，还有带壳虾、黄色板栗、鱼糕和肉丸子。

10

午休时间，我从厕所回来，发现一个可疑人物在门背后偷看教室里面。

"可疑人物！"

我朝那个背影大叫一声，他"哇"地叫着，巨大的身躯猛地一颤。他明明是全校个子最高的学生，动作却像个警惕心超强的小动物。

"好可疑……"

"林，是你啊，吓我一跳。"

"最近这一带经常有人看到的可疑人物，就是新村君吧？"

"你这人怎么说话的！"

"你来偷窥小锅吗？"

"不准说偷窥。"

"我去叫她吧？"

"不要！不用了，我不是要叫她。"

"你找她有事吗？"

"也没什么事，我就是看她有没有空，想请她教、教我做题。"

新村君举着手上的数学书和笔记本说。

"太不相称了……"

"少啰唆。"

"你干吗不去请教自己班上的人？你瞧，小锅现在根本没空，可忙了。"

"我班里的人没有小锅教得好。"

"小锅听了一定很高兴，要不我转达给她吧？"

"啊，你少管闲事啦。"

小锅课桌上堆满了作文纸，因为她在班会上

猜拳输了，被任命为毕业文集的制作委员。真可怜！

　　我还没把新村君的"新"给说完，小锅就头也不抬地对着面前的作文纸说："不要。"

　　"她说她不愿意。"

　　"你跟她说什么了啊？"

　　"我还什么都没说呢。"

　　"……算了，我下次再来。"

　　"你真努力。"

　　"我要一直等到她原谅我。"

　　"什么原谅不原谅，你们不是完蛋了吗？"

　　"……你有什么资格说我，南的跟踪狂。"

　　"你不也是小锅的跟踪狂吗？"

　　"你都知道什么啊。"

　　"什么都不知道，只知道你们分了。"

　　"我们才没分！"

因为他声音很大，周围有好几个人转了过来。我觉得声音应该传到了小锅那边，可是小锅毫无反应。于是我们转移到走廊的洗手池边，继续刚才的话题。

如果相信新村君的说法，那他们就是还在交往，只是"目前吵架了"。吵架的原因很无聊。小锅想让新村君和她一起考宫前高中，新村君拒绝了，仅此而已。新村君好像特别想去西岛工业高中，因为那是个体育名校，还是新村君初中练了三年的篮球强校。

可是，新村君去那个高中并不是为了打篮球。

"西岛工业的毕业旅行是去澳大利亚。"

"然后呢？"

"澳大利亚啊，澳大利亚。你不想去澳大利亚吗？"

"你要根据毕业旅行的地点来提交志愿吗？"

"不行吗？"

"等蜜月旅行再去呀。"

"小锅说蜜月旅行要去法国。"

"……"

"她不是喜欢世界遗产嘛，法国又有那么多古堡。她说想看古堡和埃菲尔铁塔。我对那些东西一点兴趣都没有，更喜欢大自然和考拉。还有，我还想吃一次飞机餐。"

"……好无聊。"

"什么嘛，那你是怎么选高中的？"

"我跟大家一样，选了只要努力一下就能考上的高中。私立肯定不行，所以选公立，再就是不禁止打工的学校。"

"打工啊，那很重要。其实我也已经找好打工的地方了，是前辈介绍的。只要考上西岛工业，我就从春假开始到学校附近的回转寿司店去打工。你知道大平寿司这家店吗？"

"知道，以前到过那附近。"

"我打算每周打工四天，你也来帮衬吧。"

"好啊好啊，有朋友折扣吗？"

"不知道，不过我可以偷偷帮你多放点鱼子。"

"真的？有甜食吗？"

"有啊，冰激凌和布丁。上回我去还看见巧克力蛋糕了。"

"巧克力蛋糕！你能偷偷转两个给我吗？"

"嗯，如果有机会的话。"

"说定了！"

"说定什么了？"旁边传来声音，我们回过头，发现小锅到这边来洗手了。

"小锅也一起去吧，新村君打工的店，他说每周要去四天呢。"

小锅冷冷地看了我们一眼，掏出手帕擦着手走回了教室。

放学的班会结束后，我对正在翻看作文纸的

小锅说："需要帮忙吗？"小锅说"不用"，可我还是在她前面坐下了。

"只要看看文字有没有错就可以，对吧？"

小锅没有回答，可是在我翻看作文纸的时候，她开口道："那些已经看完了，你把四班女生的检查一遍。"说完，她从抽屉里又拿出了一沓纸。

"知道啦。"

我们校对了一会儿，留在教室里聊天的同学渐渐走了，不知不觉只剩下我们两个人。

"……你先回去吧。"小锅说。

"没事，反正回去也不知干什么。"

"你不复习吗？"

"刚才自习的时候已经复习过了。"

"哦。"

"你不是也要复习吗？"

"我是夜猫子。"

"是吗？"

"……你那会儿干吗要鼓励新村考西岛工业？"

"那会儿，你是说午休？我没鼓励呀。"

"你们俩不是聊得很欢嘛，还要到他打工的店里去玩儿。"

"那只是不知不觉聊到了……"

"那家伙说，他考西岛工业就是为了去澳大利亚。"

"我听他说了。"

"可是他多努力一下明明可以考得更好。现在他考都没考，就把打工的店给找好了。"

"我听他说了，他打工好像是为了小锅你哦。因为他要赚钱跟你出去约会，还要考摩托车证。"

"考摩托车证跟我有什么关系？"

"不知道，可能想载你去看海吧。"

"我又不喜欢大海。"

"你们快点和好吧。还是说，你真的要分手？"

"……"

"我觉得新村君很不错啊。"

"那你跟他在一起呗。"

"那不行，他不是我喜欢的类型……但不是说他不帅。"

"外貌协会。"

"抱歉啦。"

"你多好啊，都是单相思。"

"你在挖苦我吗？"

"不是，就觉得你一天天的特别开心。"

小锅拿起一张作文纸，那是我写的作文。

"啊，你看过了？"

"我可是文集制作委员啊。"

毕业文集的作文是自选题目，我就写了五月联合登山的回忆。那次远足登山是我初中三年中唯一与南老师共同参加过的学校活动。

南老师在俗称咕噜噜山的山顶上表演了后空翻。在女生们的强烈要求下，他一共翻了五次。

要是教导主任没有叫他停下来注意形象，他可能还会多翻几次。老师在空翻的时候，白色 T 恤飞扬起来，露出了肚子。纵观整个初中三年的学校活动，唯独那个场景最为美妙。

我没在作文上写自己对老师的腹肌印象深刻，但不愧是小锅，一语中的地说："吹拂过山顶的五月熏风也敌不过肉体散发的热量，这是说南吧。"她还继续念道，"刚刚发出嫩芽的新绿映入眼帘，带着炫目的光芒！"

"你能不念出声吗？"

"你这是在写诗啊！"

我越来越害羞，就起身到自己座位上拿了装着水的塑料瓶。明明口不渴，我还是咕咚咕咚地喝了几大口。

见此情景，小锅对我说："你节省一点吧，那水不是很贵吗？"

"是比便利店卖的水贵，不过我们家是用会

员优惠价批发的。"

"让我喝一口呗。"

我把塑料瓶递过去。从小学开始，小锅已经喝过几次这种水了，每次都说难喝。

"真难喝。"

果然说了。

"那还给我。"

难喝倒是不难喝，味道很普通。

"如果是我就喝果汁。"

"别跟果汁比啊，这可是很特别的水，知名学者认证过的。"

"哪个知名学者？"

"名字我忘了，反正是大学的名人。"

"那个学者真的存在吗？要么是假的，要么是编的吧？"

"不会不会，那个人是海路哥的亲戚。"

"真的？那会不会是你的海路哥被人骗了？"

"被谁骗？"

"就是那个假学者啊。"

"你说什么呢。我跟你说过海路哥吧，他特优秀，家里特有钱。"

"那个说谎的胖子？"

"那是博之君！海路哥英语和德语都很棒，海路哥的女朋友也跟他在一所大学，特别聪明。"

"哦，好像听过，就是那个能看见气场的女孩嘛。"

"对，升子姐。"

"那个升子姐搞不好也被骗了。"

"绝对不可能。"

我根本无法想象海路哥和升子姐被人骗。不过反过来，我倒是听过几次传闻，说某个女的坚称自己被海路哥骗了。当然，那都是些恶意的谣言。

"那就是假学者被人骗了。"

　　小锅还在说这个。

　　"被谁骗？"

　　"不知道。"

　　"那就别乱说啊。"

　　"那个骗学者的人，可能也被人骗了，而骗他的人可能也被骗了。"

　　"够了啦。"

　　我打断她的话，小锅暂时闭上了嘴。她拿起圆珠笔，我以为要继续校对了，可她很快又抬起头说："我说你啊……"

　　"嗯？"

　　"你自己呢？"小锅问。

　　"我干吗？"

　　"被骗了吗？"

　　"我？我没有被骗啊。"

　　之后是一阵奇怪的沉默。

　　不知为何，我身体紧绷了一小会儿。

小锅一言不发地握起笔，目光落在作文纸上，重新开始校对。

我听见教室后门开了，由于我们都在专心校对，便同时吓了一跳。

有个人从后门探头进来，是新村君。

"吓死人了。"小锅说。

"这么吓人？"新村君说着走了进来，似乎很高兴。现在不管小锅有什么反应，他可能都很高兴吧。

"你来干什么？"

"林叫我来帮忙校对文集。"

小锅瞪了我一眼。

"三个人不是更快吗？"

"没错，太阳下山前把它看完吧。"

新村君拉开小锅旁边的椅子坐了下来。

新村君刚走进教室时还跃跃欲试地卷起了袖子，后来好像看腻了，开始翻看文集的照片和插图，或是看其他学生的作文，一会儿大笑，一会儿打哈欠，根本派不上用场。

我也差不多，本来以为校对好了，却被小锅指出好多漏掉的错误，于是她叫我们至少把作文按照学号排好。我跟新村君很快就排好了，然后就无所事事。

"好了，剩下的我一个人来。"

小锅见我们两个同时打起了哈欠，便冷冷地说道。我听到那个语气有点害怕，但是仔细一看，小锅的眼睛里有笑意。

"你们俩都快睡着了。"

"哪有哪有。"

"好了，还要做什么，你尽管说。"

新村君慌忙把袖子重新卷好。

"对了，你们口渴吗？我去买饮料，要什么？"

"是吗？那我要橙汁。"小锅说。

"林，你呢？"

"我喝这个就好。"

我指着桌上的塑料瓶说。

"你这水看起来好贵啊。"新村君仔细凝视着塑料瓶上的金色标签，然后留下一句"我一分钟就回来"，便拿着钱包离开了教室。

"新村君人真好。"

"是吗？他就是自己口渴了吧。"

"是真的很好啦。"

"那你跟他在一起呗。"

"……我们刚才聊过这个吧？"

"是的。"小锅呵呵一笑。

"你们要结婚啊？"

"干吗突然说这个？"

"不结吗？"

"谁知道啊，还早着呢。"

小锅的脸少见地涨红了。

"可是你都定好蜜月旅行的地点了呀。"

"哈啊？"

"法国对不对？"

"……那家伙竟然说了？"

"法国啊，真不错。"

"我才不去法国。"

"啊？不去吗？"

"不去，要去你自己去，跟新村度蜜月去吧。"

"为啥是我去啊？"

走廊传来嗒嗒的跑步声，门猛地被打开，新村君两手各拿着一瓶软包装的饮料跑了进来。

"测、测了吗？"

他大口喘着气说。

"测什么？"

"时、时间。不是说一、一分钟回来吗？"

"不知道啦。"

"什么……嘛。人家可、可努力了。"

他边喘气边说，然后把橙汁递给小锅，自己则把吸管插进了牛奶咖啡的饮管口。

小锅喝了一口，再次看向作文纸。新村君喝了牛奶咖啡，总算有了精神，第三次卷起袖子拿起了作文纸。我看了一眼窗外染成淡紫色的天空。刚才还能听见运动社团的人喊口号，还有击打网球的声音，现在已经安静下来了。

没有人说话，我们默默地继续校对。除了偶尔翻动纸张的声音和笔尖在纸上滑过的声音，教室里一片静寂。

咕噜噜噜噜，一个人的肚子打起鼓来。我们三人正在面面相觑，教室前门突然被打开了，新村君吓得尖叫一声。

"怎么回事？你们还在啊？"

南老师走了进来。

"南老师啊，吓死我了。"

"放学时间早就过了。"

"我在校对毕业文集。"小锅说，"延长申请已经交了。"

南老师看了一眼手表。

"延长只到六点半，现在已经过了五分钟了。"

"那我们明天继续吧。"新村君伸着懒腰说。

"早点回去，免得家长担心。"

"才六点半啊。"

"六点半外面已经黑了。"

"老师还不回去吗？"

"要回去，等你们走了再说。好了，搞快点。"

"既然你要回去，干脆送我们回家吧。"新村君笑眯眯地说。

"瞎说什么呢。"

"你不是开车了吗？"

"不行不行，还这么年轻，自己走回去。"

"太小气了，竟然让几个初中生走危险的

夜路。"

"什么夜路，才六点半啊。"

"六点半外面已经黑了……难道说，南老师愿意送网球部二年级的樱井绫香，却不愿意送送我们这些文集制作委员？"

"那、那是因为樱井扭了脚……"

为新村君打气的心情和让他放过老师的心情在我心中交错。最后，南老师投降了。十五分钟后，我们坐上了南老师驾驶的黑色汽车。

我万万没想到事情会变成这样，我竟然坐上了南老师的副驾驶座。南老师的侧脸近在咫尺。我不习惯坐私家车，光是扣安全带就手忙脚乱地浪费了不少时间，最后还是小锅从后座伸手过来帮了我。"你冷静点。"小锅在我耳边小声说。

汽车开动了。南老师和新村君聊起了镇上新建的大型购物广场，里面还设有电影院，于是他们又聊到了电影。南老师说他喜欢卡梅隆·迪亚兹，推荐的电影是《浮出水面》。

"林好像也喜欢电影吧？"新村君把话题抛给了我。"嗯。"我看着前方点点头。只要稍微往后面转头，我跟南老师的侧脸距离就会缩短，所以我连视线都不敢移开。

"哦，那你喜欢什么电影？"

南老师问我。

我脑子一片空白。其实无论是以前看过的电影还是没看过的电影，只要随便报个名字就行，可我却一个都想不起来，连《终结者》的"终"都想不起来。

车里陷入了尴尬的沉默。

"呃，好像是那个吧。"新村君试图帮我救场，"《龙猫》对不对？"

"哦？女孩子都很喜欢《龙猫》呢。"南老师说。

到最后，我竟然完全没有加入对话。小锅偶

尔会问我几个问题，我也支支吾吾地答了，一次都没有主动说过话。我要么看着窗外，要么干脆睡着了。

　　我家离学校最近，这让我长出了一口气。因为家近的人先下车，所以住得最远的人就要跟南老师单独待在车里。我肯定经受不住那个刺激。

　　我请老师在家附近的儿童公园路口停了车。

　　"谢谢老师。"

　　虽然我不敢看他，但还是成功发出老师能听见的声音，向他道了谢。

　　"不用把你送到家门口吗？"

　　"不用了，就在公园后面。"

　　"路上小心哦。"

　　"是。"

　　"拜拜。"

　　"拜拜。"

　　我对小锅和新村君挥挥手，打开副驾驶的车

门正要往外走，却听见南老师说"等等"，还抓住了我的右手。

他力气很大，我险些大声喊痛。

"先别出去。"

南老师的脸比刚才离得还近，莹白色的车顶灯在他深邃的眉眼上落下阴影，看起来就像外国人。

老师往我身后看了一眼。

"怎么了？出什么事了？"

新村君从后座探头过来问。

"那里有怪人。"

南老师盯着我身后的车窗，抬手指了指。

"怪人？"

"长椅那边。"

我回过头，顺着南老师的目光看过去。

公园被黑暗笼罩着，只有三盏高高的街灯提供照明。入口附近那盏街灯在白天被用作老年人休息区的长椅一带洒下了温暖的橙色光芒。

　　长椅上有两个人影。那是我的父母。

　　"嗯？那是……"我听见新村君的声音，眼睛则定定地看着长椅。

　　"有两个。"

　　母亲拿着装了水的塑料瓶，郑重地伸出手，往旁边父亲头顶的白色毛巾上倒了一些。

　　"……今早校会不是说了吗，"南老师低沉的声音似乎离我很遥远，"最近出现了越来越多这种不分时节的可疑人物。"

　　接着，父亲又接过母亲手上的塑料瓶，给母亲头顶浇水。这是他们平常的做法。父亲确认母亲头上的毛巾是否干了，然后拧开瓶盖，母亲朝父亲微微低下头，瓶口流出细细水流。这一切都是我见惯了的光景。

　　然而，我却感觉自己是第一次看见。

　　完成一连串动作，父亲拧上瓶盖，跟母亲一

同站起来，走向黑暗中的公园深处。

"……总算走了。"老师松开我的手，"保险起见，你要全速跑回家哦。"

我再次道谢，按照南老师的吩咐，下车之后连车门都顾不上关，拔腿就跑。

11

"你回来啦，好晚呀。"母亲在厨房里，瞥了我一眼，又说，"你脸色怎么有点差？"

"是吗？"

下车后，我没有马上回家，而是朝着相反的车站方向全力奔跑。到达车站后，我坐在候车室的长椅上，静静等待心跳恢复正常。快速列车都开过去三列了，我的心还是在怦怦跳，最后回到家时，已经八点半了。

"身体不舒服吗？"

"没有啊。"

"可是你脸色很苍白，对吧，她爸？"

"嗯，会不会感冒了？"

"没有啦。我去换衣服。"

"有食欲吗？"

"有。"

我走进隔壁房间准备脱掉校服，听见母亲说："那就好，晚饭吃寿司。"

"……为什么？"

我们家的餐桌上从来没出现过寿司。

"是在落合先生家拿的。"

"为什么？"

"本来订给博之君中午吃的，结果剩下了。落合先生说，要不带回来给你吃，我们就恭敬不如从命了。博之君啊，一点贝类都不能吃哦。"

"……我不要。"

"为什么不要？"

"不想要。"

"是不是真的生病了啊？"父亲说。

"没有生病啦。"

"感冒了？"

"没感冒。"

"头痛吗？"

"不是。"

"那就过来吃。"

"……"

饭盒里装着帆立贝和红贝，还有青瓜卷。我用筷子尖戳了两下已经完全没有了水分的帆立贝表面，父母还在轮番说我脸色不好，一点都不吃。这不是有没有食欲的问题，我只是觉得没有哪个正常人会高高兴兴地吃博之君的剩饭。

"是不是发烧了？"母亲说着，把额头贴了过来。

"嗯……好像没发烧。"

"难道是拉肚子了？"

“是吗？你肚子痛吗？”

我摇摇头。

“好奇怪啊。”

母亲疑惑不解。我都不知多少年没见到双亲这样担心我的身体了。

父亲叫母亲拿来浸了水的毛巾放在我头上，然后还打算往上浇水。

“现在别这样。”

“你别动。”

“我在吃啦。”

“哪里吃了？”

“别这样。”

“啊，都说了别动。”

“好凉。”

“她妈，把她按住。”

“你别动。”

“别这样，放了我。”

"啊，滑了。"

水哗啦啦地浇到了我头上。博之君吃剩下的帆立贝、红贝和青瓜卷都泡了水。

我没换衣服也没洗澡，直接钻进了被窝里，父母一直在旁边不厌其烦地问感觉怎么样，什么地方痛。我在被窝里一言不发地摇着头，只想让他们尽快走开，让我一个人待着，然而父母迟迟不肯走开。

后来，他们可能觉得我睡着了，便从我身边站了起来。我隔着被窝听见纸门被轻轻关上，终于在一片黑暗里抹起了眼泪。

那天晚上，我好像终于稍微明白了博之君的心情。

博之君说不出话来的第一天，可能也跟我一样躲在被窝里。他不想让任何人看见自己哭泣，不想跟任何人说话，只能独自躲在漆黑的地方，静静等待周围安静下来。博之君的不幸在于，无论他怎么等，周围都安静不下来。不仅如此，反倒越来越吵了。而他本人的眼泪，早已流干了。

后来我才知道，接到"铃木"电话的人不止我一个。还有很多跟我同龄的受害者，其中还有特别可怜的女孩子，被叫出去后还来不及抵抗，就被亲了嘴。

在打年糕大会的现场，我们远远指着正在吞吃一堆黄豆年糕的博之君，对年龄小一些的朋友说："那人是个危险人物。"那孩子马上跑到母亲身边说了这件事。那位母亲跟落合夫人关系很好，这件事不可能传不到落合夫妇耳中，他们不可能不知道自己的儿子其实能说话，而博之君也知道父母不可能不知道这件事……

纸门外面，父母用喃喃低语的音量吟唱起了祷告词。

12

　　第二天早晨，我比平时晚了十五分钟到学校，正呆呆看着学生们慌忙换上室内鞋跑上楼梯，突然有人拍了一下我的肩膀："还有五分钟就要打铃了。"

　　"早啊。"

　　"早。"

　　小春穿着体操服，一手提着运动鞋。

　　"第一节就是体育课？"

　　"嗯，而且要跑一公里。"

　　"哇，太累人了。四班的班主任是坂井老师

吧，要是不提前十分钟整队，会挨骂的吧？"

小春不慌不忙，慢慢悠悠地穿上了运动鞋。

"我已经跟坂井老师说了要去保健室开生理痛的药，所以没关系。"

"是吗？你没事吧？"

"嗯，因为是装病。我只是睡过头了。"

"哇，你好坏。"

小春朝我吐出了舌头。跟小学相比，她像是变了个人。她用一只闪闪发光的发夹把头发束在脑后，上次我不经意间对她说："那个好漂亮啊。"只见她轻轻摸了一下头上的发夹，害羞地说："是男朋友送的。"我还以为对方也是会员，结果并不是。那个人住在小春家附近，跟她从小就认识。小春初一春假开始跟他交往，他目前正在信田高中念高二。小春想考去他所在的高中。

"你感冒了？声音有点奇怪。"

"嗯，可能是吧，头也有点痛。"

"别传染给我哦。"

小春边笑边抬手捂住了嘴。之前那个让我别在学校跟她说话的小春已经消失得无影无踪。

"你不去保健室开药吗？"

"不用，没事。"

"得趁现在治好啊，下个月不是要参加研修旅行吗？"

"嗯。"

下个月是一年一度的研修旅行，来自全国各地的会员将要聚集在本县边界一个被称为"群星之乡"的大型研修机构，共同度过两天一夜。那里空气清新，还有美丽的星空，又有很多朋友，想想就觉得非常开心。但是要坐很长时间的大巴，旅途还挺辛苦的，所以要把身体调节好。

"好期待啊。"

小春说着，一边哼歌一边系起了鞋带。曾经那个独自蜷缩在集会场所角落里的女孩子，下个月就要担任少年组的副组长了。

"今年也好想吃到海路哥的特制炒面呢。"

"那个炒面好好吃啊。我在家也学海路哥那样放了起司粉和天妇罗渣，可就是做不出一样的味道。"

"你还会做饭啊？"

"偶尔吧。我觉得海路哥肯定还有秘方。"

"哦？那我下次也问问吧。最近集会上都见不到他，但他会参加研修旅行对不对？"

"……海路哥啊，嗯……不知道呢，他会去吗？"

"为什么？不是每年都去吗？"

"你没听说吗？他现在惹了点事情。"

我摇摇头："不知道。"

"有个女人到处说自己被海路哥骗了。"

"又来？"

此前也有过好几个转瞬即逝的流言。

"听说那个女的还报案了。"

"那只是听说啊。"

"话是这么说，不过这回好像有点严重，有人在调查海路哥和海路哥周边的情况。你瞧，升子姐最近不也没参加集会吗？"

"那倒是。"

"那个人说自己被海路哥和升子姐囚禁了。"

"囚禁？"

"我也不清楚，只是听说啦。她说自己被叫到海路哥的公寓，然后被关在里面，升子姐还对她用了催眠术，让她不知不觉签了购买那种最贵的水晶的合约。"

"催眠术？真的？"

"升子姐真的会催眠。不过那不叫催眠术，好像是催眠疗法吧。她在大学也学了这个。"

"催眠术和催眠疗法有什么不一样？"

"我觉得都一样吧……但升子姐本人说不一

样。她还很生气地说，自己从来没用催眠术骗过人。因为大家都知道她有灵视能力，倒是经常有朋友找她帮忙看气场或者前世。你不也让升子姐看过吗？"

"嗯。"

我的气场是淡粉色，小春的是红色。那是很久以前一起打UNO的时候看的。当时海路哥和升子姐说，小春以后会改变，但那并不是小春的意愿。那么，小春为何会有那么大的改变呢？是受到了男朋友的影响？外观可能有一点，不过小春的改变不仅仅是外观。看她在集会所的发言和举动，我甚至觉得她会不会中了升子姐的催眠术。

"我爸妈说那个女的脑子有毛病。听说她是海路哥的大学学妹，很喜欢海路哥，可是海路哥有升子姐了，那人觉得海路哥不理她，就嫉妒得发狂了。"

"哇，好像很不得了啊。"

　　"所以教会为了证明海路哥和升子姐的清白，现在都快忙坏了。他们两个目前深陷其中，我觉得应该不会在大的集会或群星之乡那些显眼的地方露脸吧。至少在这次的事情平息之前，他们应该不会公开活动。"

　　"是吗？"

　　"啊，说到传言，小千你也有。"

　　"什么？"

　　"有你的传言哦，是真的吗？"小春得意地笑了笑。

　　"啊？什么？"

　　"听说你昨天夜里跟南开车兜风了。"

　　"哈啊？"

　　"一班的女孩子看见你了。"

　　"那、那是……"

　　我正要辩解，背后突然传来声音："我怎么了？"

我转过头，是南老师。

"在聊啥呢？"

就在这时，上课铃响了。

"糟糕，我得走了。再见。"

小春挥挥手跑了出去。

南老师朝台阶走了过去。我的教室在三楼，自然跟他走在了一起。

一阵尴尬的沉默。我走在老师身后，不停地思考应该说点什么。

"那个——"

上到二楼，我好不容易挤出了声音。老师默不作声地回过头。

"那个，昨天……"

"别提昨天的事。"

南老师面不改色地说完，又看向前方。

"昨天……"

"都说了别提昨天的事，你没听见吗？"

"昨天真是谢谢老师了。我只是想感谢南老师送我回去。"

"唉——"老师叹了口气。

"为什么被说成了我跟你两个人在开车兜风？"

这句话听着好像是他在问我，可是老师没有等我回答，而是继续说了下去。

"……完全是因为渡边和新村在，我才答应送你们……"他低声说完，又叹了口气，"……搞什么啊！啊——又要被教导主任训了……明明才刚解开误会……怎么又搞成这样？什么兜风约会啊……"

他的态度仿佛我根本不在旁边。

就在这时，楼梯下传来一声欢快的"老师"。

"南老师！"

三个貌似初二学生的女孩子啪嗒啪嗒地跑上楼梯，朝南老师挥着手。

老师轻轻抬起拿着教科书的手，朝她们笑着

说："哦！上课铃已经响了哟。"

"还是预备铃嘛。"其中一个短发的女生回答道。

"老师，今天要发试卷吗？"

"我还没改完，最快也得明天。"

"啊，太好了。"

"晚一天发并不能让分数变多哦。"

南老师笑着说完，中长发的女孩子噘着嘴应道："我也知道啊。"

不知这三个人是不是网球部的，可能趁暑假染了头发，也可能是太阳晒的，她们不仅有小麦色的皮肤，连头发的颜色都成了褐色。

"这次平均分是多少？"

"都说了还没改完，我怎么知道！"

"还要补课吗？"

"那肯定啊。"

"呃……"

"不想补课就好好学习。"

老师用教科书的尖角敲了女生的脑袋。

"好痛!"

"嘎哈哈……"

老师还要再敲,女生纷纷躲闪,嘴里还叫着"哇,暴力老师""不要啦"。头发最长的女生边笑边往后退,一脚踩到了我的脚趾。她们此时才注意到了我的存在。

"啊,对不起。"

三个人先看看我,再看看南老师,好像明白了什么。只见她们看着彼此,嬉笑着互相点头:"就说嘛……""嗯。"

一个人转向南老师问:"真的吗?"

"什么?"南老师反问。

"老师,你又装傻了。"

"话都传开了。"

"大家都知道。"

"所以你们在说啥啊？"

"昨天是不是去约会了？"

"嘎哈哈哈……"

"哈？没有啦。"

"真的吗？"

"你们饶了我吧，少废话，赶紧进教室。"

南老师朝教室走去，三个女生也都蹦蹦跳跳地跟在了后面。

"老师——"

我朝南老师的背影叫了一声。

三个女生先回过头，接着老师也回过头。

"老师，那个……"

南老师冷冷地看着我。

不可思议的是，我的心脏也没有狂跳。我明明跟南老师四目相对，脑子却一片空白，仿佛发烧了一般，感觉异常沉重。

"……老师，昨天——"

他刚刚才要我别提昨天的事情。老师冰冷的目光一直盯着我。

"昨天公园里那两个人是我父母……"

老师一句话都没说。

"那个，我是说昨天公园里那两个可疑人物，他们是我……"

我说到这里，南老师宛如冰雕的双目深处似乎冒出了一团火。他的表情没变，双眼和脸颊却渐渐涨红。

"……我，我骗你的。"

我走上了通往三楼的台阶。过了一会儿，下面传来三个女生的声音："刚才她说什么啊，老师？你们昨天真的发生了什么事？"

第一节课是国语。我打开教室门，教国语的藤川老师担心地看着我说："你没事吧？脸好红哦。"老师让我别上课了，直接去保健室看看。

我在保健室量了体温，将近三十八摄氏度。

　　保健老师笑着说："你昨天肯定没盖好肚子吧？"然后给我盖上了雪白的被子。

　　"躺一会儿，今天早退吧。能让家里人来接吗？"

　　"……我自己能回去。"

　　我昨晚没有露肚子睡觉，只不过被浇了一脑袋水。闭上眼，睡魔自然降临。等保健老师把我叫醒，我已经睡了将近三个小时。

13

　　星期日。今天不用上学，但我一早就穿上了校服。有集会的日子我会去车站坐巴士，但今天则是穿过公园，往电车站方向走。

　　今早的天气预报说气温会是十二月下旬的状态。天空晴朗，空气却冷得刺骨。我没有围巾，只好竖起校服外套的领子，紧紧绷住身子。

　　持续了一周的感冒终于逐渐好转。父母担心我的病情，都说"至少在家要保证"，每天早晚都往我头上放浸湿的毛巾。因为我从小感冒都这样治，并不觉得有什么奇怪的。这一个礼拜，我有两次都忘了吃早餐时头上被放了块毛巾，险些顶着它走到学校去。第一次是一阵大风把毛巾吹掉了才想起来，第二次则是刚走出门，对面正在扫地的叔叔对我说"脑袋"时我才想起来。

"你感冒还没好，就待在家里休息吧。"

早上出门前，母亲这样对我说。其实没问题，为了保证身体不出差错，前天、昨晚和今早我都主动顶着毛巾了。

我坐了大约四十分钟电车来到目的地车站，走到外面发现比里面还冷。我拿着"法要通知"明信片上画的地图走向会场。上次走这条路时，我还是个小学生，如今已经过去了四年。

这四年间，我跟表哥小慎一直在交换信件和照片。送我出门的父母当然知道今天是法要的日子，也知道中午发的便当特别豪华；他们还知道原本矮小的小慎上到高中就一个劲儿往上蹿，现在已经快一米八了，重读了一年，顺利考上了东京的大学。因为这些都是我告诉他们的。可是，他们似乎没有什么想法。因为彻底断绝了跟亲戚的往来，所以出门时他们也没吩咐我向什么人问好。

上午十点，法要从外公的讲话开始。我早上吃了饭团才来，可是肚子一直在咕咕叫。我猜想和尚念经的声音应该盖过了我肚子打鼓的声音，可是旁边突然有人递给我一块包在金色糖纸里的巧克力。

我飞快接过巧克力，拆开糖纸扔进嘴里。

"好好吃。"

我用口型说了一句，穿着丧服的小慎朝我笑了笑。

念完经，烧完香，听完感言，终于等到了期待已久的午饭时间。我拼命忍住跳着台阶往上跑的冲动，走进午餐会场，眼前的光景却让我备受打击。

今天发的竟然不是豪华便当。不知怎么回事，还比四年前小了一圈，整体看起来很廉价。饭盒底是垫高的，菜品也很少，我最爱吃的虾和栗子都没有。

最近我的身体和心情都很不好，完全是靠对便当的期待才活了下来呀。

"是不是哪个亲戚把饭钱给贪污了？"

我夹起一块香菇说完，带着苦涩的心情嚼了两口，淡而无味，然后咽下去了。

"跟以前档次完全不一样，太缺乏气势了。"

说着，我又夹了一筷子配菜。

"你记得真清楚。"

小慎坐在旁边感叹道。令人难以置信的是，小慎竟然没注意到便当不一样了。

"那当然记得啊。哦，这是啥？我还以为是萝卜，但是好甜啊。这是苹果。小慎，这是苹果啊！

味道好像苹果派。"

"难吃吗？"

"嗯……不难吃。"

小慎夹起那个菜吃了一口，然后咽下去了，没有做评价。他问我："大姨和姨夫好吗？"我一边大口扒拉煮得比较干的米饭，一边应着"很好很好"。

"我爸我妈连感冒都没得过，他们俩太厉害了。小慎，我该找谁说下次的便当请做成上次那种豪华套餐啊？跟外公讲应该不行吧？那找谁呢？"

"下次？下次是十三年忌啊……那得到六年后了。"

"啊，六年后？"

"嗯。"

"因为七年忌的法要过后，一般就是十三年忌。"

"骗人。"

"哈哈，你不知道吗？"

"不知道……"我舔了口筷子，"六年啊……"

六年后实在太遥远了。或许，我今后再也吃不到那么好吃的便当了。不仅如此，只要这六年间没人结婚也没人办葬礼，我就再也见不到小慎了。四年已经很长，结果这次是六年……

我的筷子放慢了速度，小慎问："你怎么了？"

"没什么。"

"这个便当这么打击你吗？"

"那个占一部分，但不是全部……"

"千寻啊。"

小慎放下筷子，喝了一口茶。

"你之后有时间吗？"

我看着小慎。小慎的眼睛跟和歌子舅妈很像，都有点下垂。那双微微下垂的眼睛仿佛散发出了锐利的光芒。

"我有很重要的事要对千寻说。"

"车站门口有一家红色招牌的咖啡厅，你在里面等我。"

小慎对我说这句话时，我已经做好了被他表白说已经喜欢我很久的准备。我从未把小慎看成那种对象，但是未来的事我也不清楚，毕竟人的心情时刻都在改变。这就是我在等待时间里想到的最好的回答。

我被服务生领到窗边的座位，等了十五分钟，小慎来了。

"哦，找到你了。抱歉，我来晚了。"

小慎笑着走进来，背后还跟着两个我也认识的人。

是雄三舅舅，还有和歌子舅妈。

小慎把他父母带来了。

我们换了个四人座，服务生来点单了。

"三杯咖啡。千寻要什么？"

"……那我也要。"

"四杯咖啡。吃不吃蛋糕？"

"不用了。"

"你不是喜欢甜食吗？"

"嗯，可是……"

"别客气了。"

和歌子舅妈拿起桌上的小餐牌说："这个和栗蒙布朗好像不错啊。"

"你要那个吗？不好意思，再加一个和栗蒙布朗。爸，你呢？"

"嗯……那我要芝士蛋糕。"

"还有芝士蛋糕，两个。千寻呢？"

"我要蒙布朗。"

服务生拿着菜单走开，雄三舅舅一边用湿毛巾擦手一边说："今天辛苦了，到这儿来挺远的吧？"

我喝了一口玻璃杯里的水。

"嗯，没什么，坐电车一趟就到了。"

"好久没跟千寻像这样聊天了。"

雄三舅舅说完，旁边的和歌子舅妈眯起跟小慎一模一样的眼睛，点点头说："是啊。"

"也对啊，哈哈哈哈……"

不知为何，我讨好地笑了几声。

这几年我跟雄三舅舅的交流很少，只在他帮我出了小学和初中的修学旅行费用时，写过两封感谢信。我是觉得去不了也无所谓，结果不小心对小慎说了，小慎又对舅舅说了，有一天我就突然收到了汇款单。修学旅行结束后，我给舅舅寄了当地特产，舅舅给我回寄了一盒点心，还有一张写着"谢谢"的明信片。四年前的法要我应该没怎么跟他说过话。

"你爸爸妈妈怎么样？"

"很好，好得吓死人了。"

"哈哈，是吗？那就好。"

"今天他们都在家吗？"和歌子舅妈问。

"啊，没有，今天去集会了。"

"是吗？"和歌子舅妈应了一声。

"这样啊。"雄三舅舅喃喃道。

我举起杯子喝水，同时偷看了雄三舅舅一眼。低矮的鼻梁和厚厚的嘴唇依旧跟母亲很相似。我经常听母亲说，他们姐弟俩以前关系很好。

"正美和你们有联系吗？"

他们提到了小正的名字。可能是小慎说了她离家出走的事情吧。

"没有。"

"是吗？好担心啊。"

"嗯。"

对话刚结束，咖啡和蛋糕就端了上来。

我埋头吃着蒙布朗，听见和歌子舅妈说："真好吃啊。"可是，没有人回应她。

过了好一会儿，我才意识到舅妈在对同样点了蒙布朗的我说话，便慌忙抬起头说："真好吃。"和歌子舅妈一边把叉子送进嘴里一边说："对吧？"

蛋糕都吃完了，咖啡也喝完了，另外三个人的盘子里却还有大半个蛋糕。小慎把他的芝士蛋糕推给我说："这个也很好吃。"但我婉拒了。我靠在沙发靠背上，呆呆地眺望着车站门口的景色，有点想回家了。

咔嚓、咔嚓……旁边响起叉子轻轻碰到碟子的声音。他们能不能快点吃啊……我想着想着，听见有人放下了叉子。

"我听慎吾提到过——"

看来雄三舅舅吃完了。

我撑起身子。

"嗯？"

"你春天要上濑乃高中了？"

"嗯，不过那也要考上才行。"

"现在学习怎么样？"

"有点……不太行。嘿嘿。"

"哈哈，是吗？不过还有时间呢。"

"我英语特别差。"

别人明明没问，我却主动说了。

"英语很难？"

"嗯。"

"慎吾，不如你来教她吧？"

"嗯，我要在这里待到下周末，要是千寻有空，下周六怎么样？"

"可以吗？"

"当然。"

和歌子舅妈和小慎都吃完了蛋糕。

"你知道我们家在哪儿吧？"

"嗯，在白鹭台对吧？"

"对，一下巴士就到了，我去接你。"

"距离上次你来玩儿已经过去好久了，当时你姐姐正美刚上小学，千寻还是个小宝宝呢。"

"是吗……我不记得了。"

"白鹭台很安静，是个好地方，就是坡道有

点多。"

"哦。"

"离千寻要考的濑乃高中也很近。"小慎说。

"是吗？也是，地区相同嘛。"

"从我家走路就能到。"

"对啊。"

"要是从千寻家上学，得乘电车吧？"

"嗯，不过我打算骑自行车。"

"骑自行车单程要多久？"

"嗯……一个半小时吧。"

"从我家过去只要五分钟。"

"哦。"

"千寻，要不这样吧，"雄三舅舅说，"等你上了高中，就住到我家来怎么样？"

他那个提议太突然了，我一时反应不过来。

"突然这么说你可能会吓一跳吧，但我们已经考虑很久了。"

"啊，那个……"

"其实你上初中前我就想把你接过来。"

"那种话你现在说了也没用啊。"

"也对。"

"你就住我的房间吧。"小慎说。

"我大学毕业以前都住宿舍，毕业后就留在东京工作，自己一个人住。"

"你觉得呢？"

三个人的视线集中在我身上。

我一个字都答不上来，舅舅又说："你不用现在马上做决定。"

"不过还是尽快为好。"和歌子舅妈接着说。

到底要快还是不要快啊，我心里想。此时小慎又说："我想听听千寻现在心里的想法。"

"我现在的想法？"

"嗯。"

"我……我……保持这样就好。"

"保持这样？"

"就住在现在的家里。不过上学骑自行车只要五分钟的确很有吸引力。"

"不，不是的。我们不是出于距离上的优势才希望你住过来的。"

"我知道。"

"……真的？"

"嗯，我知道。"

"……千寻，其实啊，我们一直都在想，是不是该让你跟大姨、姨夫分开一段时间。"

"我知道。可是我从来没有像小正那样想离开这个家。"

"这才是你最让人担心的地方啊。"

"慎吾！"

"因为千寻根本不明白……"

"对不起，我也是太担心你了。"

"不用担心。小慎，我没事的。我不给别人

添麻烦，钱的事情也可以自己想办法解决。等我上了高中就去打工，把舅舅出的修学旅行的钱都还上。"

"不用还，我们想跟你说的也不是钱的事情。"

"你不用马上做出回答，我希望你回家后好好想想。"

刚才还叫我尽快回答的和歌子舅妈，这次又改口要我好好想想了。

"想了也一样。"我说。

"舅舅、舅妈、小慎，谢谢你们关心我。要是我给你们添麻烦了，那么对不起。可我没问题。谢谢你们请我吃蛋糕。"

我站了起来。

"下周六你要来吗？"小慎担心地问。

"能去我就去。"

"千寻……"

雄三舅舅叫了一声，但我没有回头。

法要过了一周后，雄三舅舅时隔七年又走进了我家。现在的家已经比"调包事件"发生时的家小了两圈，我回到家时，发现门口摆着一双没见过的黑色皮鞋。

可能他事先联系过，那天父母都在家。我却一点都不知道舅舅要来。从集会回来后，那双鞋首先映入眼帘，我抬起头，发现一个穿着藏青色西装外套的背影。

"小千，你回来啦。"

宽阔的背影另一头，父亲探出头来。

"好早啊。"母亲说。

"你回来啦。"舅舅转身说。

"那今天先……"

父亲小声说完，舅舅点点头，站了起来。

"我下次再来。"

舅舅在门口深深低下了头。

"路上小心……"

母亲把他送出了门。

谁也没说再也别来了。我们都知道，就算说了，他也一定会来。

预感应验了，后来雄三舅舅又来了好几次，有几次和歌子舅妈也来了。

14

那天我比平时早了一个小时上学，是想在没有人的教室里复习备考。可是当我打开门时，却发现已经有一个跟我想法一样的同学正在座位上看笔记本和参考书。她叫釜本，外号"鱼板"[1]，是我们年级成绩最好的人。她见到我有些意外，小声说了句"好早啊"，但马上把视线转向了课桌上的参考书。我轻手轻脚地走到自己的座位上坐下。釜本同学准备考的是著名的私立大学的附

---

1 "釜本"（kamamoto）与"鱼板"（kamaboko）有一字发音相同，另一字相近。

属高中，平时连课间休息都不离开课桌，连中午吃饭都捧着参考书。

她可能觉得好不容易有了一个人集中精神的空间，我来了等于妨碍她。这种想法让我有点内疚，只能在拿教科书和笔记本的时候分外小心，结果装了老师肖像画的文件夹却哗啦啦地掉在了地上。

"对、对不起。"

我慌忙拾起文件夹，并朝后面看了一眼，发现釜本同学保持着相同的姿势，对着课桌写字。

我把所有文件夹拾起来，正要放回书包里，却不自觉地停下了动作。虽然只是肖像画，但这也是我很久以来第一次看南老师的脸。

一个月前在走廊上的对话过后，我就不太敢看老师的脸。就算是上课和在走廊上擦肩而过，我也一直低着头避免与他对上目光。南老师也没主动对我说过什么。他上课按照学号顺序点名回答问题时，都会把我跳过去，这应该不是偶然。

　　我一共画了十二张老师的肖像画，每张都不怎么像，可我还是摊在桌上看了起来。其中一张是我见过的样子。

　　那张画为了强调五官深邃的特征，特意在鼻梁和脸颊部分加入了浓重的阴影。南老师平时不是这个样子的，唯有夜里被车灯映照着，才会变成这副模样。我就在一旁看到了那样的脸，右手还被他牢牢抓住了。

　　我看完所有的画，把文件夹摞了起来，突然感到背后有人。回头一看，是釜本同学。

　　"哇！"釜本同学看着我手上的文件夹说，"好厉害呀。"

　　"吓我一跳。有、有事吗？"

　　"那个……"她指着画说，"好厉害，是你画的吗？"

　　"这些？嗯。你吓我一跳，什么时候过来的？"

"就是碰巧看到了。对不起啊……你真厉害，那都是同一个人吧？"

"啊？嗯……"

"是谁？"

"啊？你说这个？"

"嗯，有模特吗？"

"呃，这、这个人，嗯……釜本同学不认识。"

"是吗？我还以为是南老师呢。"

"不、不是啦。"

"真的吗？我觉得有点像呢。"

"不是啦，怎么可能。"

"不过你看，那个中分的刘海。"

"根本不是啦，因为这个人都不是日本人。"

"哦，是吗？"

"嗯，这是爱德华·福隆。"

"爱德什么？那是谁啊？"

"爱德华·福隆。你不知道吗？"

釜本同学摇摇头。

"对吧，我就说你不认识。"

"他是名人？"

"是《终结者2》里的小男孩约翰·康纳的扮演者。"

"那是个小男孩？抱歉，我还以为是个大叔。"

"我画的时候是当成少年来画的啦，啊哈哈……"

"呵呵，原来是《终结者》啊。我没看过，好看吗？"

"嗯，应该很好看，可我不太记得了。"

"这张没画完？"她指着桌上第十二张画说。

"嗯，还没画完。"

"是吗？画好了让我看看哦。"

"嗯，不过我不准备画了。"

"为什么？"

"嗯……没什么，就是不想画了。"

"都画了这么多，太可惜了，画完多好呀。"

"是吗？那要是我画完了……你要吗？不可能吧。"

"这不是很重要的东西吗？"

"嗯……不过我拿着也没用，都送给你吧。"

"全部？"

"背面可以当草稿纸啊，你看。"

我把肖像画翻过来，给她看空白的背面。

"……那我收下了。"釜本同学笑着说。

"一共十二张，等我画好了就钉起来送给你。"

"呵呵，谢谢你！等我考完高中就看看《终结者》吧。"

"要看2哦。"

"2，知道了。"釜本同学竖起两根指头，回到了座位上。

八点过后，同学们一个个走了进来，教室一下变热闹了，结果我只翻了两三页笔记本，没怎么学成。

可能因为教职员会议拖延了，上课铃响过以后，班主任佐佐木老师迟迟没有进教室。我朝后面看了一眼，釜本同学跟之前一样，对着课桌不停写字。

早会时间快结束时，教室前门总算打开了。

"好，大家安静。"

走进来的不是佐佐木老师，而是南老师。

"老师，你走错教室了。"一个人说。

"佐佐木老师得流感了，在家休息。从今天起，由我来负责你们班早上和放学后的班会，为时一个星期。"

"老师，你很闲吗？"

"对啊，不行吗？好了，现在把昨天的家庭作业收上来。"

"唉——"学生们纷纷起哄。

"数学不是第五节课吗？"

"第五节课再收啦。"

"怎么没做完啊，这可是昨天的作业。"

"人家打算中午休息再做啦。"

"不行不行，好了，后面的人收上来。"

坐在最后的釜本同学上来收作业时，对我说了一声："真的，一点都不像呢。"

那天第五节课，我拿出了画到一半的第十二张肖像画。我把纸上的老师和讲台上的老师做了个对比，果然一点都不像。我开始加上新的线条，还好几次忍不住笑了出来。

"刚才你画画了对不对？好久没看你画了。"

打扫卫生时，我在走廊的洗手池洗拖把，小锅凑过来对我说。

"啊？你说什么？"

"南的脸。"

"南老师的脸？我没有啊。"

"你刚才明明画了。"

"那不是南老师哦。"

"哦，那是谁？"

"爱德华·福隆。"

"哈？"

"大家好像都误会了，我什么时候说过自己在画南老师？"

"可是你上数学课时总是偷瞥南的脸，然后在纸上画画啊。"

"我画的是爱德华·福隆啦。"

"……哦，是吗？"

"第十二张快画好了。"

第五节课我完成了不少，接着只要画上耳朵就行了。

"我画好了你要吗？"

"不要。"

"虽然已经有人要了，不过我可以分一张给

你。笑脸，认真脸，全身……刚剪完头发的南老师可是稀有版本，你真的不要？"

"南？那不是爱德华·福隆吗？"

"对，刚剪完头发的爱德华·福隆。要吗？"

"我才不要呢。"小锅说。

开放学班会时，南老师还没走进来，我就把纸摊在桌上，握着铅笔做好了准备。我只能在老师走进教室，脸朝侧面的瞬间捕捉到耳朵的形状，所以千万不能错过了。

就算今天画不完，也可以等明天或是后天，但我很想今天就画完。这样一来，我就能给自己的感情做个了结。这是我今早还没有过的想法，可能要感谢釜本同学吧。

从老师开门进来那一刻开始，我就动笔画了起来。

我边画边想……人类的耳朵形状好复杂啊。我很想在近处观察静止状态的耳朵，然而放学的班会只有十五分钟。

　　列举明天的通知事项和值日名单时，老师一直靠在讲桌上看着黑板一角的值日表，所以耳朵看得很清楚。然后，他开始发课件，耳朵就看不见了。

　　他发的课件是保健室宣传册，我瞥到一个标题——《打造可以抵御病毒的强健体魄吧》。我握着铅笔转身把课件传下去，马上就让视线回到了南老师的耳朵上。

　　不巧的是，老师面朝前方，双手撑在讲桌上，高声念起了课件的内容。

　　"……一起来打造可以抵御病毒的强健体魄吧。终于入冬了，大家有没有感冒呀？尤其是三年级的同学，明年就要参加私立高中的推荐考试了吧？如果在这种关键时刻搞坏了身体，那真是得不偿失。虽然都是病毒，但种类不同对身体的影响也不一样。流感病毒、诺如病毒、RS病毒，这一时期，各种病毒开始活跃起来……有的人像佐佐木老师一样，即使打了疫苗也会被感染，而且无法预测什么时候在什么地方会受到感染。病毒肉眼不可见，所以特别可怕，班上有没有人已经得流感了？"

"内野上周感冒请假到现在，但不知道是不是流感。"

"内野，对啊，是没见到他。希望只是普通感冒吧……哎，读到哪儿了？"

"开始活跃起来。"

"谢啦……开始活跃起来。可是，并非所有人都会感染病毒。那么，为什么有的人不会感染呢？他们究竟有什么不同呢……'免疫力'，这个词都听过吧？吉田，你解释一下。"

"就是把坏东西阻挡在外面的能力吧。"

"嗯，差不多吧……免疫力越高，就越能抵抗病毒……"

　　老师看向吉田君的时候露出了左耳，我当即画了下来。但是很快，他又开始念课件，我便趁机在耳边加上头发，顺便给鼻梁打上阴影。

　　"提高免疫力的饮食习惯……要以每天三十种食材为目标，实现营养均衡的膳食生活……这也太难了，我一个人住绝对做不到。"

　　"那就让女朋友给你做饭呗。"

　　"大蒜、洋葱、生姜……"

　　"啊，竟然无视了。啊哈哈……"周围响起笑声。

　　老师并不理睬他们，继续念了下去。

　　"纳豆、酸奶，这些食材都有提高免疫力的作用，建议在日常生活中积极摄取……现在这个季节，做火锅也不错啊，这样可以摄取各种食材，还能让身体暖和起来。饭后再来点酸奶，那就完美了。还有呢，嗯……保证睡眠时间也十分重要。学习固然要紧，但是不能熬夜哦。生物钟紊乱会导致自律神经失调，从而使得免疫力下降……这里写的东西很重要，如果因为学习而感冒，那就本末倒置了……喂，你们有没有在听？我刚才说的东西很重要。"

彼时，我正在忙着涂黑老师的眉毛，眼睛盯着桌上的画纸，但是耳朵在听老师的话。

"……没在听啊。算了，哎？读到哪儿了？"

"使得免疫力下降……"

"谢啦……自律神经失调，从而使得免疫力下降。睡眠不足、不吃早饭、洗澡只洗淋浴的人要注意哦。日常养成好习惯，就能拥有可以抵御病毒的强健体魄。这跟学习一样啊，通宵学习记住的公式，虽然能在第二天的考试上用到，但是过上一整天，脑子里就什么都没剩下。备考和预防感冒都要从每天的一点点努力做起，到最后才能有很大的收获。而我们每一节短短的班会也一样……现在认真听我说话的人，平时上课肯定也会认真听课。不仅是上课，那种人应该在日常生活中也会认真听朋友和家人说话。与之相反，有的人不重视班会，只想着尽快结束。我不知道佐佐木老师是什么态度，但我认为，班会是教学的重要一环。老师说话的时候应该认真听，这个道理很简单吧？幼儿园小朋友都能做到。但遗憾的是，这个班上偏偏有的人连这么简单的事情都做不到……不只是现在，还有上课也一样。我站在前面给你们讲重要的知识点，有的人却总在下面画我的肖像！"

砰！南老师双手猛拍讲台，我也同时抬起了头。

老师目不转睛地看着我。

所有人的目光都集中在我身上。

"……我忍你很久了，已经忍无可忍……"老师说。

"……你给我添麻烦了，知不知道？你那张

纸，还有那支铅笔，先把它给我收起来。还有那瓶水，你桌上那瓶怪水，也给我收起来。"

我很想照做，可是双手实在抖得厉害，根本抓不住画纸、铅笔和水瓶。瓶子倒下了，一声钝响回荡在死寂的教室中。

好不容易把东西都收到桌洞里，南老师说："好……"

"……我刚才只是碰巧提醒了林，但是那些话对全班都有效。在这个紧张时期，希望大家重新审视自己的行动，想想那些行动是否给周围的同学造成了影响。班会到此结束，值日生，喊号令。"

"那个，老师……"

值日生还没说起立，教室后方就传来一个略显犹豫的声音。

"那个，林同学画的不是老师的肖像……"

我不知道南老师脸上是什么表情，因为我不

敢抬头。

"林同学画的是一个外国男生，呃，名字叫……"

"爱德华·福隆。"窗边传来另一个声音。

"啊，对，就是那个，他是《终结者》里的。"

"不管是谁都不行！"南老师打断了那个声音，"我是说，上课不应该乱涂乱画。釜本，你也是，经常在课上看与课程无关的参考书。听好了，你这样会让周围的人很为难，知道吗……还有林，知不知道？你在听吗？喂！听、到、没、有？"

我还是低着头，点了点头。

"好……"老师说，"学校就是用来学习的地方，不是乱涂乱画的地方，也不是传教的地方。大家都明白了吧？别再影响其他同学了。值日生，喊号令。"

"起立……"

下课铃响了。

老师走出教室，旁边的田所君一边收拾书包一边说："你别在意他。"

"那家伙性格很差。"

"去教育委员会告他吧。"

"你明天可别不来上学哦。"

"南老师的自我意识太强了。"

面对那些话，我只能默不作声地点头。

等周围没有人了，我开始吧嗒吧嗒地掉眼泪。

我以为没人了，原来小锅还在。她默不作声地在我前面的座位上坐下来，递给我一块红色格子花纹的手帕。

过了一会儿，我的眼泪不再滑落，新村君走了进来。

"哇，怎么了？出什么事了？"

他看着我的脸，吓了一跳。

"你来干什么啊？"

"来接你啊，不是说好了放学去图书馆

嘛……林，你怎么了？"

"好了，你走开点。"

"说啊，怎么了？出什么事了？"

"吵死了你。"

"我在跟林说话呢。"

我听着他们一来一去，本来已经停下的泪水不知为何又涌了出来。小锅和新村君看着我，明显很慌乱，可我就是停不下来。

我抽噎着说："南老师送我们回家那天，在公园里见到的可疑人物，是我爸妈。"

"我知道啊。"小锅说，"他们那么有名。"

"我不知道欸……"新村君说，"我真的不知道。原来如此，那是林的老爸啊。"

"对不起。"

"你别道歉啊……原来是这样啊，我还以为那是河童呢。"

"说什么傻话啊。"小锅说。

　　"真的。我也觉得不可能，可是他好像一身绿，脑袋上还顶着盘子，旁边的人还给他头顶的盘子浇水啊。"

　　"旁边那个是我妈妈。"

　　"哎，那是个女的？"

　　"嗯。"

　　"……是吗？对不起。"

　　"新村是个近视眼。"

　　"对，我是近视眼。"

　　"那天又很黑。"

　　"就、就是，又很黑。"

　　"……我爸妈平时都穿着绿色的运动服。"

　　"哦，难怪啊。"

　　"他们头上的不是盘子。"

　　"那是什么？"

　　"白毛巾。"

　　"原来是毛巾啊。"

"我爸爸妈妈很信这个，说头上顶一块浸了水的毛巾，就能保护身体不被邪气侵犯。"

"……这样啊。"

"嗯。"

"……是吗？他们信这个啊……"

新村君有点为难地移开了视线。我觉得我有点喜欢新村君。

"你也一样？"小锅说，"也信这个？"

"不知道。"我回答。

"我不知道，可是爸爸妈妈真的完全不会感冒。我偶尔也会那样，但是还不清楚。"

"要是真的，那就厉害了。"小锅说。

我点点头："是啊，要是真的那就太厉害了。"

"……不过啊，在外面这样搞太扎眼了，最好不要哦。"

"嗯。"

"你跟爸爸妈妈都说说吧。"

"嗯。"

就这样，我的单恋结束了。那天，小锅和新村君都决定不去图书馆，而是陪我一起回家。途中经过一家便利店，新村君还请我吃了肉包。

后来我问小锅，如果她不跟新村君结婚，能不能换我跟新村君结婚，小锅干脆地回答："不行。"虽然连续失恋，但好在正值复习考试的时节，我多少分散了一些注意力。多亏了这个，一个月后的模拟考试中，我第一次拿到了 A。

我把十二张肖像画钉起来，釜本同学把正面和背面都写满了年号和汉字，最后几张用来当计算的草稿纸，完成了它们的使命。

15

十二月十日，星期六，天气晴。

我们一家人早上六点离开家，换乘电车来到谷尾站，到达时离集合时间只有十分钟了。集合地点在西出口检票口，那里已经聚集了很多熟面孔。我们在这里点名统计人数后，走到旁边的巴士场站，马上就要分成三组坐上巴士，朝本县与邻县交界处的群星之乡进发。

我在行李放置点看到了坐在红色运动包上翻看参考书的小春，便走过去打了声招呼。她用困顿的眼神看向我，说了句"早啊"，随后看见我身后的双亲，特意站起来有礼貌地鞠了一躬。

"小春早啊，你一个人？妈妈呢？"

"在那边，三号车的队列里。"

父母说要跟小春的母亲打声招呼，然后走向小春指的方向。

"你还带这种东西来了？"我指着小春手上的参考书。

"因为有人一直唠叨，要我带啊。"小春耸了耸肩。

"谁啊？"

小春指了指自己左肩后面，我朝那个方向一看，发现是几张没人的长椅，长椅另一头有个小卖部，小卖部旁边有根大圆柱，上面贴着"消灭痴汉！"的海报。一个金发的男人靠着柱子啃饭团，还跟我对上了目光。

我再看小春的脸，发现她面带羞涩，微微点了一下头。

"……啊？难道是他？"

"嗯。"

"那人莫非是……小春你的……"

"嗯。"

"男朋友？"

"嗯。"

"……你们一起去？"

"因为他说想去。"

"哦……"

每年都有人带非会员的男朋友或好朋友参加研修旅行，所以我并不惊讶，只是惊讶于小春的男朋友跟我想象的完全不一样。

"怎么了？"

"呃，没什么。"

原来信田高中还有那样的人啊。不过看他的头发颜色，在什么高中都应该是违反校规的。

我战战兢兢地问了一句："他的头发……"

小春马上回答："你说那个？只是休息日专用的啦。他用的是一次性染发剂，洗澡就能洗掉。信田高中不准染发，所以他只在休息日染着玩儿。"

"哦……"

"今天还算老实吧。以前他染过蓝色的，还染过橙色拼紫色的。"

"哦……"

小春对男朋友招了招手，那人嘴里嚼个不停，一手拿着没吃完的饭团，一手插在大衣口袋里，灵巧地躲开会员们的行李，朝我们这边走了过来。途中我跟他对上了视线，便点了点头。

"我朋友。"

小春说完，他歪了歪头，可能觉得那就算是点头致意吧。他一句话都没说，可能也是因为嘴里还吃着东西。我不禁想：这人真的主动提出要参加这次的旅行吗？会不会是小春或者小春妈妈强迫他来的？

"小千，你坐几号车？"

"我还没看座位表呢，先去看看。"

说完，我转过身，却被小春拽住了大衣袖子。

"你去看三号车的表。"

"……为什么？"

"海路哥和升子姐的名字在上面。"

"……他们要来啊？"

"好像是。"

"上次那个事情平静下来了？"

"好像还在吵……小千，你见到他们也别多嘴去问哦。"

"我才不问。怎么可能呢。"

我端详了一会儿座位表，三号车上的确有海路哥和升子姐的名字。我父母都在三号车，而我则是一号车，旁边是比我大一岁的朋友早苗。小春在二号车，她旁边写着户仓，我没听过，可能是男朋友的姓氏。

　　七点三十五分，我们比预定时间晚了五分钟，乘坐巴士出发了。

　　每辆巴士的气氛都很不一样。去年我和父母在同一辆巴士上，可能因为乘客年龄都比较大，一路上相对安静。

　　这次，我坐的一号车有很多十几岁、二十几岁的会员，充盈着学校组织郊游的气氛。人们刚坐下就开始传递零食，全程只有在祈祷旅行平安时，所有人都朝着前方，接着便是要么面朝后方，要么离开座位，整车人热热闹闹地到达了终点。

　　我背后是同一个支部的朋友，于是四个人打起了扑克。输的人必须假装喝醉酒，到服务区的垃圾桶去扔垃圾。没想到这个受惩罚的人是坐我旁边的早苗，而且打了三局全都输掉，不得不接受惩罚。早苗专门跑去找巴士司机借了领带，缠在头上摇摇晃晃地去扔垃圾。我们在车上看着她，笑得肚子都痛了。

　　然后，早苗又摇摇晃晃地走回来，一落座就说："听我说听我说，刚才我看见海路哥了。"接着又说，"就在那边的自动售货机旁，不知从这儿能看见不……看不见啊。小千，你知道他要来吗？"

　　"我在座位表上看见他的名字了。"

　　"没问题吧？听说他惹了麻烦啊。"

　　"不相关啦，惹麻烦的是对方。"后面的朋友凑过来说。

　　"海路哥和升子姐都是受害者啊。"

　　"真的吗？"

　　"真的，大家都说是告他们的女人有问题。"

　　"她不是骗人说海路哥给她下药了吗？"

　　"下药？不是灌酒吗？我听说她说自己未成年，却被海路哥灌了很多酒，结果失去意识了。"

　　"是吗？"

"未成年？不是三十岁吗？"

"我听到的是她被升子姐施了催眠术……"

"不对不对，是灌酒啦。她被升子姐灌醉了，然后海路哥开车把她带回了公寓，骗她买了花瓶。"

"花瓶？不是水晶吗？"

"啊？真的吗？"

"那还有这个呢……趁她失去意识，植入了IC芯片。"

"什么啊？我头一次听说。"

"到底哪个是真的？"

"她被灌了很多下了药的酒，失去意识后被植入IC芯片，一醒来就被施催眠术，买了水晶和花瓶两样东西……这样？"

"啊哈哈……"

"好精彩啊。"

"就这样呗，反正不管怎么说，都是那个女

人满口谎言，到处闹事。"

"就是就是。"

"不过升子姐会催眠术是真的吧？"我说。

"那倒是真的……怎么，难道小千真的相信那个女人说的话？"

"我不相信啦，只是分不清有多少是真的，又有多少是假的……"

"你觉得海路哥他们真的会干这种事吗？"

"我不觉得……"

"但你在怀疑。"

"没有啦，我爸爸和妈妈都不愿说这个，所以我只是想多了解一点详情。"

"那就行。总之，海路哥和升子姐的事情就聊到这里，要是被什么人听到了，我们要挨骂的哦。"

早苗主动结束了自己的话题，把包在脑袋上的领带取下来，还给了司机。

早晨九点，我们到达了群星之乡。走出巴士，我用力吸了一口气，感到腹部一阵清凉，全身爽快了不少。

我们出发前都拿到了这次旅行的小册子，不用翻看，我也知道里面写着什么。因为这里的活动每年都不会变。

我把行李放到宿舍的大房间里，没来得及休息就朝中央讲堂走去。

中央讲堂门口摆着一个白色大箱子，上面开了圆形的孔。这箱子已经连续用了好多年，凑近一看会发现上面满是污渍。我们按顺序把手伸进箱子里，取出一张字条后，走进讲堂。

纸上写着"B-4""F-26"这样的字，都是座位编号。讲堂里面非常宽敞，得花上好一会儿才能找到自己的座位。我跟同行的朋友挥挥手道别，按照纸上的编号找起了座位。

上午十点，开幕式正式开始。有人发表了研

修心得，有上层人士讲话，还给本年度获得最佳成果的支部颁了奖，然后全体起立唱歌。唱完歌就是第一次"交流时间"。这个流程跟去年一模一样。

第一天共有两次交流时间，分为上午和下午，第二天早上还有一次，合计三次。虽说是交流，其实内容很简单，就是跟初次见面的人一对一交谈。交谈内容没有限定，可以谈论政治，也可以谈论喜欢吃的东西，随便说什么都可以。可是一旦让我们随便说，反倒不知道说什么，而且每个人对话题是否艰深的理解都很不一样。而坐在我旁边的人正好就是那种人。按照规定，座位编号是奇数的人要跟自己左边偶数座位的人说话，偶数座位的人则要跟右边奇数座位的人说话，一直聊到钟响为止。在讲堂入口抽到的座位编号，其实也相当于决定了交流对象的编号。

这项活动的参加者来自全国各地，而且人数

每年都在增加，几乎抽不到自己认识的人。今天第一场交流会，我的交流对象是一位来自秋田的阿姨。这个阿姨长着一张圆脸，穿着一身全白的运动服，说自己是个护士。她好像每天上班都很快乐，一直笑着讨论自己工作的话题。她口音很重，除了老家和职业，我几乎没听懂她在说什么。中间她可能向我问了几个问题，但是我也听不懂，只能笑着糊弄过去。

我一边嗯嗯啊啊地应付着阿姨，一边偷偷打量四周。C区有个背影跟父亲很像的人，不过他是秃头且顶着白色毛巾，转过侧脸我就发现那是个陌生人。我也没找到母亲，因为人实在太多了。不过去年我碰巧跟父母在同一个区，当时父亲的交流对象是一个长头发的女孩，母亲则跟年龄相仿的阿姨聊得很欢。她们笑的时候都会用手掩嘴，看起来就像多年的邻居凑在一起聊八卦。

听说有的人聊着聊着会突然哭起来，或是突

然抱住对方，但我还没遇到过。去年早苗的交流对象是一个老爷爷，不知为何突然对她说教起来。因此，我第一次打量旁边座位的人都会特别紧张，担心万一碰到那样的人该怎么办。那位来自秋田的阿姨始终笑眯眯的，钟声响起后，还用皱巴巴的双手温柔地握住了我的右手。

第一次交流会结束后是午饭时间，下午开始，我们要前往正堂，在明星之间参加"冥想时间"。

有个朋友说吃得太饱冥想时会打瞌睡，故意不去碰自己那份便当。顺带一提，这里的饭菜跟活动计划一样，每年都不会改变。中午、晚上和第二天早晨都是饭团便当，里面装着两个什么馅都没有的白米饭团，两片腌萝卜，还有一根香肠。虽然很简单，但是没有人抱怨。由于午饭时间只有十五分钟，我飞快地消灭了便当里的东西。

然后，我也像往年一样，冥想到中途就没有了记忆。去年是母亲叫醒了我，今年是早苗叫醒了我。

　　我睡眼惺忪地从明星之间重新走回中央讲堂，又抽了一次签。

　　下午交流的对象是来自东京的津田先生。他很年轻，大冷天的还肤色黝黑，一头卷发染成了褐色。那人每次说话，黑衬衫胸口就会露出金银交织的项链，闪闪发光地摇晃着。

　　完成简单的自我介绍之后，他对我说："能跟你这样的小淑女说话，大哥哥好开心。"于是我顿时提高了警惕，不再说什么话。"……你害怕吗？"见此情景，他指着自己黝黑的脸，为难地笑着说。

　　"抱歉抱歉。你别这么害怕，我不是可疑人物。"

　　我噗笑出声，那个人也松了口气。

　　他挠了挠褐色的头发，问道："你今年初三，那就是十五岁？"

"……是。"

"跟家长一起来的？"

"……嗯。"

"也对啊，没人会主动想来这种地方吧。"

"那津田先生呢？"

"我？我一个人来的，但不是主动哦，是奶奶强迫我来的。"

"奶奶？"

"嗯，奶奶正在住院，差一点就死了，她想来却来不了，所以就叫我替她来。"

"是吗？"

他的话语虽然很粗鲁，但说不定是个为奶奶着想的好孙子。

"我一点儿都不想来，不过奶奶说可以给我钱。"

"这样啊……"

或许他真的就跟表面一个德行吧。津田先生

咧嘴笑着，竖起了三根手指。

"三十万。"

"三、三十万？你真的要了？管你住院的奶奶？"

津田先生笑着点点头。

"这可是我宝贵的两天时间，换算成钱差不多就是这个价吧。"

"……"

"啊，看你这表情，肯定觉得我很过分吧？没关系的，我奶奶很有钱。而且钱这种东西，生不带来死不带去的……干啥啊，别用那种眼神看我嘛，又不是我主动要她给钱的。好了，别看了。完蛋了，这可怎么办？我彻底遭到防备了吧？"

他那句话是转过头去说的。仔细一看，津田先生后面坐着一个头发颜色比他还夸张的年轻人。是他朋友吗？我心里想着，没想到竟是小春的男朋友。

他听见津田先生的话，转过来看到我，还点了点头。

"……哎，你们认识？"

小春的男朋友歪了歪头想。

"哦，原来是这样啊。你们是一个支部的？"津田先生问道。

"……"

"不是吗？那你们是一个学校的？也不是啊。因为你在上初中，他在上高中啊。对了，我们刚才吃中午饭时聊了几句，就混熟了。因为两个人都觉得那种东西吃不饱，满脑子想着吃肉。对吧？"

小春的男朋友呵呵笑着点了点头。

"而且座位离得这么近，这应该是命运的安排吧……好了，你们什么关系？"

我一句话都不说，小春的男朋友小声说："……我是陪熟人来的……不是很懂支部这些东西。"

他说的熟人应该就是小春吧。虽然不关我的事，但我还是被那个词伤到了。

"啊，是吗？你陪别人来的呀。那跟我有点像啊，都白白浪费了两天时间。我很同情你。"津田先生拍着他的肩膀，笑着说。

离敲钟还有一点时间。津田先生一个劲儿地抱怨一直到明天傍晚之前都不能喝酒。我和小春的男朋友时而歪着头听津田先生说话，时而点头附和，等待时间结束。由于津田先生突然找他说话，他似乎没发现自己跟交流对象的交流中断了。他抽到的交流对象是一个头发花白、梳成三七分的小个子叔叔。那个叔叔也不试图加入我们的对话，而是独自坐在那里，或是看看手心，或是搓搓膝盖。

"唉，好想回家喝啤酒啊。"

津田先生大声说着，这下不仅是那个叔叔，

连周围的人都对他露出了不愉快的表情，害得我无比羞愧。

晚饭时间，我跟朋友凑在一起吃跟中午一样的便当，同一个支部的女生突然拉开纸门跑了进来。

"海路哥在食堂做炒面呢！"

我们爆发出欢呼声，立刻就有几个人站了起来，甚至还有女生当即丢掉手上的便当，跑到了走廊上。我把本来打算留到最后的香肠塞进嘴里，拉上吃完饭的早苗和两个朋友，朝二楼食堂走去。我们还在走廊上快步前进，就已经闻到了炒面酱的焦香。

五个大铁板在食堂桌上一字排开，身穿白色 T 恤的海路哥站在中间那个铁板前，两手握着大铲子忙碌不休。他两边有两个同样身穿白色 T 恤的男人，也在挥动铁铲，而系着围裙的升子姐则忙着把纸盘摆放在他们前面的桌子上。

"做好了！"

海路哥高高举起握住铁铲的双手，周围响起一片掌声。

海路哥还在读高中的时候，就开始了晚饭后做炒面给我们吃的活动。在此之前，我们只能靠饭团便当和自己带来的零食充饥。炒面大受好评，第二年九州支部的人便在炒面旁边摆出了猪肉味噌汤的专区。他们好像是自费提供餐饮，所以猪肉汤只办了一年，不过海路哥家里很有钱，原本只有一个的铁板不知何时变成了五个，炒面的材料也是一年比一年豪华。今年的炒面里还能看见特别大个的扇贝肉。

"就是这个味道！"

"真好吃。"

人们纷纷感叹。

"海路哥好像还挺精神啊……"

"我以为今年吃不上这个了……"

窃窃私语声混在吸溜炒面的声音里传了过来。

我看见津田先生站在角落,捧着一盘炒面大口咀嚼着。

想知道炒面里加了什么秘方的小春也来了。她坐在靠窗的座位上,从男朋友手上的盘子里分了一口,吃进嘴里。

因为量很多,我跟早苗一人一半分着吃了一盘。

"小千,你爸妈在找你。"稍晚一些走进食堂的朋友说,"我觉得你在食堂,就过来找了。"

"真的吗?谢谢!他们在哪儿?"

"在你房前的走廊上。你今年跟爸爸妈妈不住一个房间啊?"

"嗯,因为没在一辆车上。"

"你在这里等一会儿,你爸妈也会过来吃炒面吧?"

"嗯，怎么办呢？我爸妈都不吃炒面……还是到房间去看看吧。"

"啊，你就在这儿等啦。"

"就是呀，我也告诉他们你在食堂了。"

"……那倒也是，那我就等等吧。"

我听大家的话，吃完炒面在食堂里等了一会儿，但父母并没有出现。

吃饱肚子之后，我只想倒在被窝里睡觉，但是第一天的活动还剩下一个。

那就是晚上八点开始的"宣誓时间"。

这次，我们在文化会馆入口抽了签。抽签的箱子跟交流时间的一样，不过这次纸上写的字不同了。纸片上并没有写"A-3"这样的编号，而是画着大大的红圈。红圈代表中签，整个箱子里只有二十张。几乎所有人都会抽到白纸，所以中签的人格外光荣。抽到红圈的人要按顺序走到讲台上，当着所有人的面"宣誓"。宣誓内容自己决定。如果不怕被人翻白眼，完全可以说"我要去看好多场某某人的演唱会"，或是"今年一定要瘦"。事实上，每年都有一两个人会说出那种话，让会场陷入一阵尴尬的沉默。反之，如果听到触动人心的誓词，人们就会站起来鼓掌致敬。宣誓本身并不难，但是要面对全国各地的会员，实在太让人紧张和害羞了，所以我不太想中签。

我曾经中过一次签，当时还在上小学一年级。我记得那次父亲和母亲都特别高兴。直到上台前一刻，我都没想到要当着这么多人的面说什么，急得哭了起来。于是父亲对我说："你就上去说，我叫林千寻，我宣誓，要一生为爱而活。"母亲则说："你也可以说，我叫林千寻，我宣誓，要一生为人奉献。"

于是我综合了两边的说法，在台上宣誓："我叫林千寻，要为爱与奉献而活。"可能因为念在我还小，也可能因为我那带着哭腔的嗓音很有效果，人们虽然没有起立致敬，但还是给了我热烈的掌声。

我后来想，要是下次再中签，就把当时的话重说一遍，就这样过了八年。如果现在还重复小学一年级的誓词，未免有点过分了。可是……

我一边把手伸进箱子里，一边寻找父亲和母亲的身影。今早巴士到达后，我就再也没见过他们，不知两人去了哪里。

万一中签了怎么办？我该说些什么呢？要是旁边没有人教我，我真的想不出来。请保佑我今年不要中签……

我紧张地拿起了指尖最先触碰到的纸片。

"小千，中了吗？"

没中签的早苗凑过来问道。

我把纸片展开，让早苗也能看见。

"……什么嘛，你也没中啊。"

"嗯。"

"我好想中一次啊，还一次都没中过呢。你中过一次，对不对？"

"嗯，就一次。"

"真好啊！"

"棒！没抽中！"后面有人大喊一声，我回过头去，发现津田先生正在摆出庆祝胜利的姿势。他看见我，笑着朝我扬了扬手上的白纸。

"那人怎么回事，没抽中还这么高兴？"早苗小声说，"哇，朝这边来了。你认识他？"

"……他是我下午的交流对象。"

"哇，真的？你好倒霉啊。"

"啊，那边座位空着，我们赶紧走吧。"

这场活动可以随便坐，于是我一看到空座，就拉着早苗的手走了过去。我本以为这样能甩掉津田先生，没想到他竟在我后面找到空座，还坐了下来。

中签的人已经在通往舞台的台阶旁等候上场。有人伸长脖子盯着舞台上的话筒；有人双手放在胸前，闭着眼睛做深呼吸；还有人盯着手上貌似笔记的字条……他们认真的侧脸都被我尽收眼底。在他们当中，有人一直梦想中签，并为此期待了好几年，甚至好几十年。不仅是他们，现在坐在我旁边的早苗也一样。或许，几乎所有在场的人都一样。

主持人开始催促还在行走的人尽快落座时，我看见一个头发颜色特别显眼的男人吊儿郎当地朝舞台旁边走了过去。他跟工作人员说了两句话，然后被领到宣誓者队伍的最后方去了。

"哎，你快看，那个金色头发的人……"早苗说。

"嗯。"

我点点头。那是小春的男朋友。

"哇，那家伙竟然抽中了！"津田先生在背

后说。

"我叫山田武，我宣誓，将来要在老挝建一
所小学！"

今年的宣誓以此为开场。虽然整体的掌声稀
稀拉拉，会场一角却有人发出了响亮的欢呼声。
那可能是山田武的亲戚，或是同支部的人吧。

"我宣誓，今年以内还会再递交十个人的入
会申请！"

"我宣誓，我要用余生拯救心灵贫穷的人！"

"我宣誓，明年至少参加五次瀑布修行之旅！"

宣誓完毕的人马上从舞台另一头走了下去，
后面的队列越来越短。

"……那家伙没问题吧？"津田先生低声说，
"能发出声音来吗？"

比起能否发出声音，我更担心他会说些什么。
随着队伍渐渐缩短，我的心跳越来越快了。

宣誓开始没多久，早苗就发现小春跟她妈妈坐在第三排中央的座位。她束在脑后的辫子上还别着男朋友送的闪闪发光的发夹。从我这边看不见她的表情，不过我想，她一定比我紧张多了。

"我宣誓，明年也会竞选环境美化活动委员！"

小春男朋友前面那个人宣誓完毕，沿着楼梯走了下去。接着，那个顶着金灿灿头发的人缓缓走上台阶，来到舞台中央，在话筒前站定。他抬头看向坐满了人的观众席，似乎轻轻吸了口气。

"老子……"他刚开口，马上纠正过来，"啊不对，是啊——"

"我、我叫户仓龙一，今天到这里来，是因为我想知道自己喜欢的人究竟在信仰什么。"

说到这里，他停下来，做了个深呼吸。

"……我也想信仰我喜欢的人所信仰的东西，我还是完全搞不懂那究竟是什么，不过，假设到这里来就能明白，那我明年也会来。在完全弄明白之前，我会——呃，我对我喜欢的人宣誓，我会一直到这里来。"

一番话说完，他还做了个努嘴的动作，那好像算是点头致谢。会场响起热烈的掌声，还发出了阵阵口哨声。

他站在舞台上，挠着金灿灿的头发笑了。他的目光落在小春身上。小春的母亲抱住低着头的小春，兴奋地对她说着什么。

"那个叛徒……"

背后传来津田先生的咕哝声。

宣誓时间结束后，我们一起泡了澡。

泡澡属于自由时间，我们在大浴场里互相搓背，一起泡在浴池中唱歌，我还用朋友带的玫瑰味的外国洗发水洗了头。

这里不愧是群星之乡，一到晚上就能看到灿烂的星空。透过正对浴池的大窗户，可以看到许多星星。因为家里的浴缸手脚都伸不开，我便在浴池里尽情伸展四肢，整个人浮了起来。周围的人看到我都笑了。

"啊，流星。"

我正在浴池里半沉浮，突然听见一个闷闷的声音。

"在哪儿？"

"那边。"

"哪边啊？"

"那边。啊，又有了。"

"看见了！"

"哎，小千快来看啊。"

我坐起身子，看向窗外的夜空。

"啊！"

"看见了。"

"我也看见了。"

浴池里有好几个人叫了起来。

"小千看见没？"有人问我。

"没有。"我摇摇头。

"啊，又有了！"

"看见了。"

"小千，刚才那个呢？"

"没。"

我又看漏了。去年明明是我最先发现的。

"在那边啦。"

"嗯。"

"好像有点晕了。"

"出去吧？"

"不行不行，要等到小千看到流星才行。现在只有小千没看到了。"

"不用啦，你先出去吧。"

"不行，我们要一起吸收宇宙的能量。"

"就是呀，我们等小千看到了再走。"

大家的脸已经红得像煮熟的章鱼一样了。

"小千，快把头抬起来。这可是一年一度的群星之乡啊。"

"嗯。"

"会长不是在开幕式上说过嘛，在神圣的场所看见的神圣星辰，拥有改变人命运的力量。"

"是啊。"

我想，其实现在这样就足够了。

"啊！"

"看见了！"

"我也是！"

"小千？"

"嗯。"

"你看见了？"

"嗯，看见了。"

"太好了。我们出去吧。"

总算从浴池里站起来了，我们已经全身通红。早苗的汗怎么擦都擦不完，站在电风扇前迟迟不愿离开。

回房间的路上，我在走廊碰到了升子姐。我们一群人本来在说说笑笑，一看见升子姐出现在前面，自然而然地降低了音量，像约好了似的走成一列。

升子姐对我们招了招手。

"大家一起去泡澡了？"

"嗯，是的。"

"脸好红啊。"

"哈哈，泡久了一点。"

"哦，舒服吗？"

"嗯。"

"太好了，晚安。"

"升子姐晚安。"

"小千……"我们走过去之后，升子姐叫了我一声，我回过头，她对我说，"刚才你妈妈在找你。"

"她在哪里呀？"

我在宣誓时间也没碰到父母，总感觉好久没见到他们了。

"跟你爸爸在大堂那边。"升子姐说。

"你快去吧。"早苗善解人意地接过了我的东西。

"谢谢，那我去了。"

我与大家道别，一个人下了楼。

来到一楼大堂，父母都不见了踪影。

有人在沙发上谈笑，有人在用公共电话，可那些人我都不认识。不知哪里一直在漏风，我只在大堂站了五分钟，滚烫的皮肤就变得冰凉。

于是，我决定先回房一趟。

"见到你妈妈没？"

早苗正对着放在被褥上的镜子梳头，听见我回来就抬头问道。

"没，她不在那里。"

“你爸呢？”

“也不在。”

“那可奇怪了。刚才你妈妈来过，还问我们看见小千没有。”

“是吗？”

“嗯，刚刚才走，你没在走廊上碰到她吗？”

“没有。”

“我告诉她你去大堂了，你们可能正好错过了吧。”

“那我再去一趟。”

“去哪儿？”

“大堂。”

“又去？在这里等吧。”

“……我去看看。”

“等会儿又该错过咯。”

“可是……”

“你还是等着吧，不然你跟妈妈就要跑来跑

去，一辈子都见不到了。"

说完，早苗笑了。

"你为什么要说这种话？"

"啊？"

"什么一辈子？太夸张了……"

早苗愣了愣，然后说："对不起……"

"对不起。"我也道了歉，"对不起，其实自从来到这里，我根本没见到爸爸妈妈。"

"原来是这样啊。小千一家关系这么好，肯定会想念彼此吧？"

"……"

"没关系，会见到的。你就在这儿等十五分钟，要是还见不到，就去你妈妈房间找找吧。我也陪你一起去。"

"……谢谢你。"

早苗叫我坐，我就在被子上坐了下来。焦急地等了几分钟，有人拉开了房间纸门。

"妈妈！"

妈妈从纸门的缝隙间探头进来，笑着说："总算找到你了。"

"真是的！妈妈你跑到哪儿去了？我找你找了好久。"

"那应该是我的台词啊。"

"太好了，小千。"早苗说。

妈妈没有进屋，而是在纸门外面朝我招了招手。

"干什么？"

"我们出去散散步吧？"

"现在？"

"嗯，我知道一个地方能看见很漂亮的星空。"

"星星在哪里都能看啊。"

"那是个很特别的地方。"

"……冷不冷啊？"

"你把头发擦干，穿上大衣。妈妈在大堂

等你。"

说完，母亲就先走了。

我没有吹风机，只能用毛巾飞快地揉搓头发。然后，我在充当睡衣的运动服外面添了毛衣和大衣，又裹上早苗借给我的围巾下到一楼，发现父亲也在大堂。

"来了来了。"他说着，从沙发上缓缓站起来。

这可能是我们三个人第一次散步，外面并没有想象中那么冷。

父亲和母亲的脸蛋散发着白光。

"你们都洗澡了吗？"

"还没有。"

"怎么不去啊？"

"等散步回去再说。"

"那就得早点回去了，大浴场只开到十一点哦，过了十一点就锁门了。"

"我们会提前回去的。"

"现在几点？有表吗？最好注意一下时间吧。"

"小千真是爱操心。"父亲笑着说，"好不容易悠闲地散个步，现在就别在意时间了。"

"可是……"

"过来吧，是这边。"

我们走上了宿舍楼背面的石阶。台阶只到中途就没有了，前面是一段缓坡，每走一步鞋底都会发出踩踏泥土的沙沙声。月光和宿舍楼窗户透出来的无数灯光照亮了脚下的路，周围充满了冰冷的杂草的气味。

"就是这里。"父亲说。

坡道变成了平坦的道路，鞋底的泥沙也变成了柔软的草地。

我们三个人来到一个空无一物的山丘上。

"好大啊……"

母亲抬头看着星空。

"那是正堂。"父亲指着最大的建筑物说。

正堂屋顶上有个星星形状的装饰物，在黑暗中依稀可辨。

"那是中央讲堂。"他又指着右边的方形黑影说。

"那是纪念塔吧。"他指着那个橙色的小光点说。

"纪念塔前面是——"

"那个我知道，是三角堂。"

三角堂正如其名，无论从哪个角度看，建筑物都是三角形。听说人们以前会在里面唱歌，甚至举办过音乐会，不过那里现在锁上了。上锁的原因好像是二十几年前那里发生了一起集体暴力事件，但我不确定是不是真的。

"……找个地方坐坐吧。"

听了父亲的话，母亲从手提包里拿出一张塑料垫。

"准备得真周到。"

我们在塑料垫上坐下。父亲、我和母亲连成一排，默默地看了一会儿星空。

父亲突然问："你考试准备得怎么样了？"我忍不住笑了，因为他从来没问过这种事。

"干吗突然问这个啊？"

"嗯……就是想问问。"

"我一直在学习哦。"

"……那就好。"

"你有信心吗？"母亲问。

"考上的信心？嗯……要是现在说有，将来考不上就太丢脸了，哈哈……"

"要考濑乃高中吗？"

"嗯。"

"……好远啊。"

"嗯。"

"……"

然后，父亲和母亲就不再说话了。

"我听新村君说，西岛工业的修学旅行是去澳大利亚呢。"我说。

"是吗？澳大利亚啊。"

"嗯。"

"……"

然后，我也像父母一样沉默了。

我正要说该回房了，父亲突然在我旁边"啊"了一声。

"怎么了？"

"流星。"

"哪里？"

"那边。"他指着星空的一点说。

"孩子她妈看见了？"

"没看见。"

"怎么你们俩都没看见啊。"

"因为一下就没了呀。"

"你仔细看，就是那一带。"

　　我们三个对着父亲指的方向看了一会儿，这次我两边都传来了叫声。

　　"看见了。"

　　"嗯，看见了。"

　　"小千？"

　　"……没看见……"

　　"你得仔细看，不能眨眼睛。"

　　"嗯。"

　　"好，等我们都看到流星了再回去。"父亲说。

　　我尽量忍着不眨眼睛，抬头凝视着夜空。可是还没发现流星，我的眼睛就变得又干又痛了。

　　"……忍不住了。"

　　我低下头双手捂住眼睛，母亲轻轻把手搭在了我的肩膀上。

　　"再忍一忍。"

　　"可是眼睛好痛。"

　　"难得来一趟。"父亲也说。

"够了啦，我眼睛很痛，而且洗澡时间快结束了。"

"你别管洗澡的时间了。"

"小千，再看一会儿，好吗？"

我反复眨了眨眼睛，用手指用力按着眼角，再次抬头看向夜空。

"……听说啊，在这里每个小时能凭肉眼看到二十颗流星哦。"母亲说。

"真的？是谁说的？"

"升子说的。这个地方也是升子告诉我们的。"

听到这里，我转头看向刚才来的那条路。我总感觉黑暗中会传来沙沙的脚步声，然后升子姐和海路哥会朝这边走来。

可是我定睛一看，前方只有黑暗，既没有人影，也没有脚步声。

阿嚏！父亲打了个大喷嚏。

"没事吧？"

"没事没事。"他吸着鼻子说。

"我们还是回去吧。"

"说了没事啊。"

"不行,坐在这儿会感冒的。爸爸妈妈都不冷吗?爸爸,挺冷的对吧?你的毛巾结冰没?"

父亲摸了摸头上的毛巾,已经变得硬邦邦了。

"你看,还是回去吧。"

"不,这样反而更好。"

"你说什么呢?会感冒的。"

"小千,坐下。"

我已经撑起了身子,可是父亲牵着我的手,这样说道。实在没办法,我只好坐了下来。

"……你知道吗,流星的波动有个作用,就是将宇宙的能量送达到地面上……"就在父亲开始讲述的时候,我们头上划过了一颗流星。

"啊。"

"怎么了,小千?"

"看见了。"

"啊？"

"看见了啦。"

"哪里？"

"那边。"

我指着刚才流星划过的地方。

"孩子她妈，你看见没？"

"没看见。"

"就在那边啦。"

"是不是小千看错了呀？"

"我真的看见了。"

"真的？"

"真的啦。"

"可我没看见啊。"

"啊？"

"那我们回去吧。"我站了起来，"趁你们
还没感冒，澡堂还没关门。"

"等等，再看一遍。"

母亲双手拉住我："难得来一次，我们要三个人一起看见。"

"可是澡堂要……"

"洗澡还有时间，好了，快坐下。"父亲说。

"……那就再看五分钟。"我坐下来，抬头看向天空的瞬间——

"啊！"

"怎么了？"

"看见了，我又看见了。"

"骗人。"

"在那边，你们看见了吧？"

父亲和母亲都摇了摇头。

"没看见。"

"没看见啊。"

"又没看见？真是的……"

"你说在哪边？"

"那边啊，你们仔细看，不能眨眼睛哦。"

"好，知道了。"

父亲和母亲紧紧贴着我的身体。

"这样顺着小千的角度看过去，就能看到吧……"

很快，又有一颗流星划过。

"啊，看见没？"

"没有。"

"看见了吧？"

"没啊，没看见。"

"就在那边啦……啊，又来了！刚才那个好大，看见没？"

"没有。"

"哪里啊？"

"那边啦。"

"哪里？"

"都说是那边了……"

"哪边？"

"那边……"

父亲坐在我左边，伸手搂着我说："没看见啊。"

母亲在我右边，贴着我右侧脸蛋说："看不见啊。"我的身体被父母紧紧包在中间。

"看不见。"

"还不行。"

"还是看不见……"

每当一颗流星划过，父母就会这样说，然后更用力地抱紧我。

山下的灯光一点一点无声地消失了，等我回过神来，只剩下远处的纪念塔那一点灯光。

我身子很暖和，几乎一闭上眼就能睡过去。

我可以就这样睡过去吗？那样一来，我就会被下药，植入IC芯片，施催眠术，第二天早晨变成不一样的我吗……

父亲又打了一个大喷嚏。

草木的叶子在风中细语，先从远处飘来，然后又飘远了。

那天夜里，我们一家人久久凝望着星空。

更好的阅读

特约监制　潘　良　于　北

产品经理　韩　帅　椰子皮　栩　栩

特约编辑　李芳芳

版权支持　冷　婷　郎彤童

营销支持　金　颖

封面设计　609工坊

关注我们

官方微博：@文治图书

官方豆瓣：文治图书

联系我们：wenzhibooks@xiron.net.cn

图书在版编目（CIP）数据

星之子 /（日）今村夏子著；吕灵芝译.-- 成都：
四川文艺出版社，2022.3
ISBN 978-7-5411-5922-0

Ⅰ.①星… Ⅱ.①今… ②吕… Ⅲ.①长篇小说—日
本—现代 Ⅳ.①I313.45

中国版本图书馆CIP数据核字（2021）第153617号

HOSHI NO KO
by NATSUKO IMAMURA
Copyright © 2017 NATSUKO IMAMURA
All rights reserved.
Original Japanese edition published by Asahi Shimbun Publications Inc., Japan.
Chinese translation rights in simple characters arranged with Asahi Shimbun Publications Inc.,
Japan through Bardon-Chinese Media Agency, Taipei.

版权登记号：图进字21-2021-226号

XING ZHI ZI

星之子

〔日〕今村夏子 著

吕灵芝 译

出 品 人　张庆宁
策划出品　磨铁图书
责任编辑　邓 敏
责任校对　汪 平

出版发行　四川文艺出版社（成都市槐树街2号）
网　　址　www.scwys.com
电　　话　010-82068999（市场部）　028-86259303（编辑部）
传　　真　028-86259306

印　　刷　河北鹏润印刷有限公司
成品尺寸　125mm×185mm　　　　开　　本　32开
印　　张　7.75　　　　　　　　　字　　数　100千
版　　次　2022年3月第一版　　　印　　次　2022年3月第一次印刷
书　　号　ISBN 978-7-5411-5922-0
定　　价　49.80元